LES RÉCRÉATIONS DU COLLÉGE

OU

LA JOURNÉE AUX HISTOIRES.

IMPRIMERIE DE DUCESSOIS, 55, QUAI DES AUGUSTINS.

LES RÉCRÉATIONS DU COLLÉGE

LA JOURNÉE AUX HISTOIRES

Récits de tous les Pays

Recueillis et mis au jour

PAR MIRABELLE

Élève de seconde.

PARIS

CHALLAMEL, ÉDITEUR, 13, RUE DE LA HARPE.

PREAMBULE.

Qu'elle tinte doucement à l'oreille, la clochette qui annonce à l'écolier l'heure de la liberté! Avec quelle impatience il compte les jours, les heures et les minutes qui le séparent du bienheureux moment où elle sonnera à joyeuses volées l'ouverture des vacances! Les vacances! mot magique qui fait tressaillir bien des cœurs de douze ans et plus, par le monde. Avez-vous vu un collége dans ce bienheureux jour? oui : eh bien, vous vous rappelez cette espèce de fièvre d'ivresse qu'on y respire avec l'air. La joie épanouit les visages, le professeur le plus bourru est presque aimable, le pion est bon enfant, le concierge est gracieux, on ne reconnaît plus personne; on va, on vient, on se bouscule d'un air affairé, on rit, on chante, on saute de joie, on s'embrasse; il n'y a plus de haines, plus de rancunes, plus de tyran, plus de professeur, la fraternité universelle règne dans le collége. C'est si beau, si doux d'avoir la clef des champs et de sortir de ces vilains murs si noirs pour aller galoper au grand soleil! Puis les moissons, les vendanges promettent des plaisirs sans fin. On va vivre un grand moisentier, vivre à sa guise, palsambleu! sans être contraint au rôle d'automate à ressort, mû par une clochette de malheur.

L'heure des vacances avait sonné, et la bruyante population des colléges s'était envolée à tire d'ailes. Dans le collége de ***, à Paris, dix élèves pourtant n'avaient pu prendre leur essor comme la bande joyeuse de leurs camarades. Nés bien loin sur la terre étrangère, il ne leur était pas possible d'aller goûter au sein de la famille les doux plaisirs des vacances. On eût dit, à voir leur groupe, que toutes les contrées s'étaient donné le mot pour y réunir leurs représentants : le fier Espagnol, le

2

flegmatique Anglais, le bouillant Arabe, le rêveur Allemand, l'Américain
froid et pesant, et l'Italien passionné y formaient un contraste piquant
de physionomies, de manières et de caractères. Pour compléter cet
amalgame de races hétérogènes, il s'y trouvait même un Lapon, trans-
planté des glaces polaires, ainsi que nous le verrons plus tard.

Nos dix jeunes gens, seuls dans ce grand collége, naguère si plein
de vie et de bruit, aujourd'hui si vide, si muet, se trouvèrent un peu
embarrassés de leur loisir. Tous les jours ils se torturaient l'esprit pour
inventer de nouveaux jeux, de nouvelles niches, de bonnes grosses farces bien réjouissantes. Ils avaient beau faire pour tuer le temps, au bout
de quelques jours ils étaient tellement fatigués les uns des autres qu'ils
se fuyaient à qui mieux mieux et qu'on avait toutes les peines du monde
à nouer la moindre partie. Peut-être faudrait-il ranger parmi les causes
secrètes de leur ennui la composition étrange de leur société où se heur-
taient tous les extrêmes. Toujours est-il que cet ennui prenait des pro-
portions effrayantes, car ils en vinrent, dit-on (ce qui ne s'était jamais
vu), à regretter la classe et l'étude.

Enfin le dernier jour des vacances luit sur le collége si opiniâtrément
ennuyé, et l'impatience de revoir leurs joyeux camarades leur fit trouver
les heures encore plus lentes. Étendus sur la verte pelouse, à l'ombre
des grands marronniers, ils promenaient un œil indifférent sur le jardin
du collége, éclairé d'un magnifique soleil et paré de verdoyants ombrages. Après avoir mis à sec leur répertoire de jeux et de plaisanteries,
ils bâillaient aux corneilles d'une façon désespérée, quand il vint à
Dioneo l'Italien une idée si heureuse qu'ils s'arrachèrent chacun un
cheveu de dépit de ne l'avoir pas rencontrée plus tôt.

Santa Madonna! s'écria-t-il tout à coup, nous sommes là à nous hébéter
et à nous démettre les mâchoires quand nous sommes libres pour un
jour encore et que demain il faudra reprendre la chaine. M'est avis que
le temps est trop précieux pour que nous l'employions aussi maladroite-
ment. Voyons donc ce que nous pourrions faire aujourd'hui : la journée
est chaude, l'ombre est douce et le gazon frais; restons mollement étendus
sous ce toit de feuillage, comme le langoureux Tityre de Virgile Maron,
et passons le temps à nous raconter des histoires. Morbleu! l'idée n'est
pas si mauvaise. Nous voilà dix de pays différents ou à peu près : que
chacun raconte à son tour quelque aventure, quelque description em-

pruntée aux souvenirs de son pays. Vous savez combien nous aimons tous les récits étrangers ; nous sommes donc assurés de nous procurer quelque plaisir les uns aux autres.

Un concert d'acclamations accueillit ces paroles, et la proposition passa à l'unanimité. Mais quand il s'agit de raconter, personne ne voulut commencer. Pour obvier à cette niaiserie on élut Dioneo président, en le chargeant de désigner à sa fantaisie les orateurs. Dioneo s'étant ceint les tempes d'une couronne de feuilles comme symbole de sa dignité, imposa silence et dit : La parole est à Antonio.

PREMIER RECIT.

Antonio était un jeune gaillard de seize ans, leste et bien découplé, à l'œil vif, au teint ardent, à la chevelure noire et abondante. Il était nonchalamment étendu sur l'herbe ; l'appel de Dioneo et les cris de ses compagnons l'arrachèrent à ses rêveries. Il se souleva d'un air grave, s'installa le plus commodément qu'il lui fut possible pour que la chaleur du récit ne lui fît pas perdre les avantages d'une moelleuse position, et commença en ces termes :

« Vous savez que je suis enfant des Espagnes, royal pays où il y a plus de soleil en un jour que pendant une année dans votre France brumeuse et froide. Je naquis dans une petite ville de Navarre, province qui fut jadis un royaume, et dont je ne vous détaillerai pas l'incontestable supériorité sur bien d'autres plus grandes et plus peuplées, me contentant de vous rappeler que les rois de France et d'Espagne se faisaient une gloire d'ajouter à leurs titres celui de roi de Navarre. L'auteur de mes jours, comme dit le professeur de rhétorique, était un célèbre hidalgo plus noble que le roi, mais ayant beaucoup moins d'écus que d'aieux. Quand éclata la guerre civile, vous pensez bien que mon noble père mit tout ce qu'il avait à la disposition du roi légitime ; je crois que tout cela se réduisait à une vieille lame de Tolède rongée par la rouille, mais qui avait eu l'honneur de taillader les Maures entre les mains d'un de mes ancêtres, intime ami du Cid. Enfin, mon noble père alla rejoindre le roi, et lui apprit qu'il lui ferait l'honneur de soutenir ses prétentions. Quant à moi, je restai au village, et, moi, le petit-fils des plus illustres chevaliers qui aient chevauché lance au poing dans toutes les Espagnes, moi qui comptais parmi mes ancêtres onze rois, treize cardinaux, un grand inquisiteur et une foule d'hidalgos de premier mérite, je fus réduit à vivre au hasard, déjeunant chez l'un, dinant chez l'autre, couchant à la belle étoile ou sur la paille des granges, et passant mes journées à polissonner avec la marmaille du canton.

« Malgré tout je grandis, je pris des forces, et mon père en passant dans notre pays me prit à sa suite. Il était alors caporal, mais on lui avait promis de lui donner la première place de général qui se trouverait vacante. Il allait enfin obtenir ce grade dû à la hauteur de sa naissance, et la nomination était présentée à la signature de Sa Majesté, quand notre souverain tomba dans le piége tendu sous ses pas par un infâme ennemi. Par Saint-Jacques de Compostelle ! si celui-là se trouve jamais à la portée de mon stylet, il saura de quel bois on se chauffe dans la famille de don Antonio Silva del Avala del Casino del San-Lucar di Montès, grand d'Espagne de première classe, grand... »

Cette ribambelle de noms et de titres fut subitement interrompue par un immense éclat de rire ; le fier Espagnol lança un regard foudroyant sur les coupables ; et Dionco leur ayant imposé silence, il continua ainsi :

« Après la déconfiture, mon père songea à se réfugier en France. Pour passer la frontière sans être importuné il dépouilla sa défroque martiale, et s'affubla du sombrero ou immense chapeau de feutre et de la cape de serge brune. Mais il eut beau faire, la noblesse perçait sous ses haillons de paysan comme sous la capote de caporal, et je suis convaincu que c'est par délicatesse qu'on a feint partout de ne pas s'apercevoir de son déguisement. Quant à moi, mon costume était des plus simples : trois ou quatre guenilles me composaient à peu près une moitié de vêtement. Nous nous mîmes en route *pedibus cum jambis*, précédés de Nestor, excellent caniche avec lequel je m'étais lié à l'armée, et lestés seulement d'une légère tasse de chocolat qu'un de nos anciens vassaux avait eu l'honneur de nous offrir.

« Nous nous étions assis sous un arbuste, le seul que nous eussions vu depuis deux heures, et nous nous reposions un instant, mon père en chantant un couplet du romancero qui célèbre un de nos aïeux, moi en lutinant mon chien qui était bien la bête la plus complaisante du monde... Tout à coup, du haut d'une côte roide comme les montagnes russes, fond sur nous avec fracas un attelage de mules galopant avec fureur et trainant un vieux carrosse d'une forme fabuleuse. La malheureuse carcasse allait à droite, à gauche, par cahots, par soubresauts, et de ses flancs entr'ouverts s'échappait un vacarme assourdissant de plaintes, de cris de terreur, de jurons, sans compter le bruit infernal du galop des mules et de la course insensée de leur fardeau. Comme *il faut bien souffrir ce qu'on ne peut empêcher*, nous regardâmes. Enfin, au bas de la côte, le fantastique carrosse fit une dernière cabriole suivie d'une culbute, et s'abattit les roues en l'air, entraînant deux mules dans sa lourde chute.

« Nous nous levâmes avec empressement pour porter secours aux pauvres diables qui hurlaient à tue-tête. Nous dépêtrâmes le *mayoral* ou conducteur, et le *zagal*, espèce de coureur chargé d'enrayer les roues et de surveiller les harnais, et avec l'aide des *escopeteros*, ou gendarmes d'escorte, nous nous occupâmes d'exhumer les voyageurs d'un vilain grand coffre rouge où ils étaient emboîtés. Nous vîmes d'abord deux pieds ornés de bottes passer à travers le cuir de la voiture, et gigotter d'une façon énergique. Nous agrandîmes le trou, et nous sortîmes par les jambes un individu assez lourd, dont la tournure était aussi singulière que celle du véhicule. Figurez-vous un petit monsieur à la face rouge, ornée d'épais favoris blond ardent, coiffé d'une casquette extravagante, empaqueté dans un paletot en caoutchouc à collet, cravaté jusqu'aux oreilles, et possesseur d'un ventre dont la rotondité s'appuyait sur le frêle appui de deux jambes si grêles, qu'il me semblait voir ce bipède dont La Fontaine a dit :

> Un jour sur ses longs pieds allait je ne sais où
> Le héron au long bec emmanché d'un long cou.

Nous hélâmes ensuite une dame qui criait très-fort, et qui ne nous vit pas plutôt en train de la délivrer, qu'elle jugea à propos de s'évanouir.

C'était une grosse personne en tours de cheveux, à la figure bariolée de couches de rouge et de blanc, aux sourcils peints ; elle était encapuchonnée d'un immense chapeau de paille orné de plumes et d'un voile jadis vert. Nous ramenâmes encore à la lumière un grand dadais de jouvenceau vêtu d'un léger ginjolet, d'un pantalon de coutil descendant aux mollets et retenus par des sous-pieds de huit pouces, et montrant, entre un collet blanc rabattu et une casquette de cuir verni, une longue figure rose dont la bouche entr'ouverte avait une grande expression de docilité Enfin, une jeune fille, fort gentille malgré son vilain voile vert et sa robe à gigots, sortit elle-même en pleurant.

Cette intéressante famille ne fut pas plutôt sur pieds, que ce fut un concert de plaintes, de malédictions, d'injures, de jurons à faire perdre patience à des saints; le monsieur était cramoisi, la dame étouffait, le grand garçon se frottait les côtes d'un air lamentable, la jeune fille pleurait. Les muletiers soutinrent l'orage avec le flegme qui fait l'honneur de notre nation. Quand Milord commença à jurer moins et à parler moins fort faute de poumons, mon noble père se tourna avec bonté vers lui, et lui adressa cette question avec toute la dignité qui le caractérise: Est-ce que vous avec beaucoup de mal ? — Oh ! no ! Je ne have que deux et une sac de nouit. — Je ne pus tenir à l'audition de cet étourdissant calembourg et je me mis à rire en vrai polisson.

Pendant que les muletiers, les domestiques et le postillon travaillaient avec ardeur à remettre le carrosse sur pieds, la famille se mit en quête d'une *venta* sous la direction de mon père qui, daigna lui servir de guide. Nous gravîmes clopin-clopant une montée rocailleuse qui coupait d'immenses landes arides. De temps en temps, au détour du sentier, sous quelque roche suspecte nous découvrions une sinistre croix de bois, annonçant que là s'était commis un meurtre, et mon père qui s'était aperçu que milord n'était pas un crâne, égayait la route des plus lamentables histoires des bandits du répertoire espagnol.

Enfin nous découvrîmes une bourgade et nous acheminâmes vers la *posada* : c'était une petite maisonnette récrépie en plâtre avec des fenêtres garnies de volets en bois pour protéger les habitants contre les furies du soleil. Une vigne s'élançait au-dessus de la porte haute et cintrée et lui formait un toit d'ombre et de feuillage. Je m'avançai avec mon fidèle Nestor et j'aperçus nombreuse compagnie devant l'auberge.

Les marches de l'entrée étaient obstruées par un groupe de Gitanos en train de donner une sérénade à je ne sais plus qui ; sur la marche la plus haute, une belle fille, appuyée contre le mur, roucoulait en grignotant les cordes d'une vieille mandoline ; en face d'elle un gaillard sciait du violon avec acharnement ; un grand jobard de quinze ans se tenait debout contre un des battants extérieurs de la porte et braillait en trimballant un triangle ; un autre assis à ses pieds grignotait aussi de la mandoline ; un quatrième debout, un pied sur la dernière marche et tourné vers ses compagnons, promenait ses ongles sur une guitare en tirant du fond de son gosier des notes caverneuses ayant des prétentions de basse ; enfin une jeune fille accroupie sur la dernière marche levait la tête de toutes ses forces pour mieux percer l'air de ses notes aiguës comme celle d'un fifre, et s'accompagnait de temps en temps des rrrou flou flou hou hou du tambour de basque.

Le costume des hommes se composait d'abord du sombrero ou immense chapeau de feutre, si grand qu'il suffit de planter un bâton dans le sol et de le surmonter d'un sombrero pour se former une véritable tente capable d'abriter plusieurs personnes ; ensuite de la cape en serge à grandes raies jaunes et écarlates ; de la veste et de la culotte de velours, de la ceinture aux vives couleurs et des guêtres. Les sombrero et les capes jonchaient le sol, et leur tête n'était ornée que du mouchoir barriolé. Un foulard aux couleurs éclatantes encadrait la chevelure noire-bleue des femmes, dont le costume consistait en une veste azur brodée de paillettes, un corsage et une jupe amarante, des bas violets, et des espèces de sandales retenues par des cordons croisés sur la jambe. Toutes ces figures étaient remarquablement originales ou accentuées ; des cheveux de jais, des yeux de flamme, un teint fauve, le nez busqué, les lèvres rouges rappelaient les types mauresques, et il y avait sur toutes leurs physionomies je ne sais quoi de sauvage, d'ardent, d'africain, d'étrange. Ils chantaient en chœur une vieille ballade où revenait sans cesse ce vers si bien approprié à la la circonstance :

Ah ! quel plaisir d'être en voyage !...

Milord parut médiocrement satisfait. Mon père, d'un de ces gestes qui n'appartiennent qu'aux âmes bien nées fit ranger respectueusement les paysans qui bouchaient la porte et décida avec bien de la peine l'Anglais à entrer. Mais quand il vit l'hôtelier, grand brun à la mine patibulaire, que mon père eut soin de lui faire remarquer d'un grand coup de coude, il regarda vivement la porte, et sa mine s'allongea sensiblement. On chercha en vain des vivres, il n'y avait que du chocolat dans l'auberge, et l'on ne put trouver qu'un œuf dans tout le village. Fort heureusement que le domestique et les muletiers arrivèrent avec les malles et le sac de nuit qui était bourré de provisions.

Après un souper copieux on mena les étrangers à leur chambre, l'unique de la maison, et nous allâmes nous coucher à la belle étoile.

Le lendemain nous vîmes notre voyageur couleur rouge-foncé et la figure criblée de piqûres : il avait failli être dévoré par les puces. Au même moment on entendit encore le malencontreux refrain :

Ah ! quel plaisir d'être en voyage !

Enfin le carrosse était réparé et la famille y remonta, fort étonnée de ne pas avoir été assassinée pendant la nuit ; mon père, invité d'y monter, s'ouvrit au chef de maison et lui confia sa position. L'Anglais n'eut pas entendu la moitié des titres et des noms de ma famille qu'il s'inclina profondément. Enfin nous fîmes route avec nos voyageurs, nous entrâmes en France et vînmes à Paris, où mon noble père fut traité avec les égards dus à son rang.

SECOND RECIT.

Les écoliers s'amusèrent beaucoup des aventures d'Antonio, et rirent longtemps de sa peinture, beaucoup trop chargée, de la famille anglaise. Les prétentions aristocratiques et l'orgueil du narrateur furent aussi l'objet d'interminables railleries, et le sobriquet de *Don Quichotte* faillit lui en rester. Cependant Dioneo fit un geste...

Conticuère omnes intentique ora tenebant.

Ce qui veut dire que tous se turent et dressèrent à l'envi les oreilles ; et Wilfrid l'Allemand prit la parole, sur l'invitation du président.

L'année dernière, mes vacances ressemblèrent bien peu à celles qui agonisent aujourd'hui. Je les passai dans la joie et le plaisir, à Nuremberg en Bavière. Figurez-vous une vieille ville aux rues étroites et tortueuses, hérissée de pignons, de tourelles, de balcons gothiques, dont beaucoup de maisons crénelées, sculptées, tailladées à jour s'avancent d'étage en étage vers le milieu de la rue de façon que du toit on puisse serrer la main à son voisin d'en face. Elle s'élève sur douze collines, correspondantes aux douze mois, et trois cent soixante-cinq tours flanquent ses vieilles murailles noires et enfouies sous le lierre et la mousse. C'est l'idéal de la cité moyen âge, et si j'étais tel grand artiste que je connais, je ne voudrais pas en habiter d'autre, car j'aurais à chaque instant le prétexte de me pâmer d'aise devant quelque vieillerie vénérable. Mais je ne suis pas antiquailleur, et je n'en suis pas fâché, car si je l'étais, j'aimerais ces vilains cloaques et ces cahutes noires hérissées de sculptures, et j'en serais contrarié, car je ne les aime pas.

A ce raisonnement bouffon qu'on eût dit volé à quelque bon paysan, l'assemblée éclata de rire, à la grande stupéfaction de l'orateur. Enfin Dioneo rétablit le silence, et Wilfrid continua :

Par l'entremise de mon cousin j'avais fait la connaissance d'une demi-douzaine d'étudiants de la plus joyeuse humeur, et j'allais souvent les voir à l'estaminet où, suivant la coutume des étudiants allemands, ils se réunissaient après dîner pour fumer, s'inonder de bière et jouer. Ce sont de bien mauvaises têtes, des tapageurs, des crânes, dont le plus malingre battrait d'une main trois des étudiants de n'importe quel pays. Sur la fin du mois de septembre les soirées sont déjà longues, et à la faveur de l'obscurité que des milliards de réverbères ne sauraient éclairer à cause de l'enchevêtrement des maisons, mes drôles se répandaient par la ville, tuant les chats, ahurissant les chiens, arrachant les cordons de sonnettes, chantant à tue-tête des chœurs admirables; découvraient-ils une de ces humbles échoppes de cordonnier en vieux, vulgairement savetier, où le papier remplace les vitres, ils ne se tenaient pas de joie : tantôt ils passaient la tête et les bras par chaque vitre de papier et criaient à l'artisan tout effrayé du craquement de sa devanture : Donnez-moi de la monnaie, s'il vous plaît! Tantôt ils tiraient un coup de pistolet à la porte pendant qu'à l'aide d'une petite seringue ils arrosaient de rouge la figure du savetier qui se croyait mort et criait à l'assassin; puis ils décrochaient les lanternes des cabarets, changeaient les enseignes, s'introduisaient dans des jardins privés pour enlever les melons et déposer en place sous les cloches quelques mauvais choux verts. Tout cela n'était pas très-innocent, et ils étaient contraints parfois de rosser la police quand elle ne voulait pas entendre la plaisanterie.

A mon grand regret je ne faisais pas partie de ces brillantes caravanes qui s'exécutaient à l'heure où j'étais endormi sous la clef paternelle; mais j'eus le plaisir d'être spectateur et même acteur dans quelques farces qui sans avoir le même haut goût ne manquaient cependant pas de sel.

Sur la place du marché, où s'élève un merveilleux monument bardé de flèches et d'aiguilles et fleuri d'ornements, de statues et d'ogives dentelées, demeurait un vénérable personnage qui était souvent le jouet de ces messieurs. Quand je dis demeurait, je veux dire était niché, car une petite tourelle percée à jour comme une lanterne et perchée au pignon d'une maison était son cabinet d'études et sa retraite favorite. C'était un vieux maître d'école français, excellent homme, mais souverainement ridicule; un de ces types qu'on ne peut voir sans rire, ce qui est fort mal, comme me le prouva un jour ma mère.

La physionomie de notre homme tenait du singe, du geai, du furet et du chat mouillé ; une grande houppelande noire, graisseuse et montrant la corde enveloppait son corps et ses membres, si étiques, si maigres, qu'on entendait grincer ses os à chacun de ses mouvements. On apercevait sous cette houppelande deux fuseaux presque imperceptibles s'appuyant sur des pieds larges à dormir debout.

Tel était l'oiseau de la tourelle, et *sans mentir son ramage se rapportait à son plumage*, car il avait la parole sévère, saccadée, hargneuse, et comme sa pensée galopait toujours bien loin en avant, il finissait toutes ses phrases en marmottant des mots décousus, incohérents, entremêlés de *hum ! hum !* d'exclamations, d'aspirations qui rendaient son allocution tout à fait pittoresque. Il montrait à lire aux moutards des deux sexes et s'appelait Bonaventure Durand, dit l'abbé Cazo. Il passait ses soirées et ses nuits à travailler dans sa tourelle à des recherches expérimentales ayant pour but d'inventer un moyen de faire du fromage avec du papier et du papier avec du fromage, à la volonté des consommateurs. Il prétendait approcher de son but et espérait se voir bientôt tout cousu d'or.

Par un beau soir il nous vint dans l'idée de lui jouer une farce n° 1, en deux parties, avec costumes et mise en scène. Nous nous préparâmes au café et répétâmes nos rôles. Je représentais un jeune garçon qu'on venait le prier d'imbiber de latin et de grec: deux de mes amis figuraient mes parents, et pour cela s'étaient fait de gros ventres et avaient revêtu d'immenses houppelandes louées à un vieux revendeur. Les autres étaient des soi-disant savants polonais, russes, anglais et autres attirés par la réputation de ses inventions, et s'étaient affublés de vieilles défroques chamarrées. Tous, excepté moi, s'étaient enrichi le visage de moustaches et de favoris dessinés au charbon. Quand nous fûmes présentables, nous partîmes pour la place du marché.

Nous entrâmes par une petite poterne à l'angle de la place et gravîmes un escalier tortueux, infect et noir comme chez le diable. Après avoir monté cinq ou six étages, ascension lente et difficile dans laquelle je ne tombai que deux fois, nous arrivâmes à un palier où un œil-de-bœuf diminuait un peu les ténèbres, et nous permit de voir l'échelle de moulin qui conduisait à la demeure du savant. Comme nous commencions par la scène de l'élève, nous nous séparâmes de nos compagnons et grimpâmes en étouffant de rire; après quelques minutes employées à nous composer le visage, nous frappâmes discrètement. Rien ne bougea. Nous recommençâmes plus fort. — Rien. — Nous fîmes une décharge de coups de talons sur la porte qui faillit tomber de la secousse. De cette fois nous entendîmes quelqu'un venir lourdement en grommelant, et une vieille fille à la grosse face, au nez épaté, aux grands yeux étonnés, à la bouche béante, nous ouvrit en disant d'un ton bourru : Qu'est-ce que vous voulez ?— Nous demandons l'honorable M. Durand auquel nous amenons un élève. — Entrez, il est là-bas dans sa cachette à faire ses tripotages.

Nous traversâmes une espèce de galetas en désordre, et la gracieuse servante nous introduisit dans le sanctuaire; une odeur abominable, raffinement du superlatif de l'aigre, du sur, du rance, nous prit d'abord au nez, et nous vîmes l'abbé Cazo entouré d'une légion de fioles, de casseroles, de réchauds, occupé à décomposer simultanément un fromage, et de la pâte àpapier, opération qu'il recommençait tous les jours depuis dix ans. Le plus affreux pêle-mêle régnait dans cet antre dégoûtant, et nous ne pûmes trouver un endroit propre où nous asseoir. Le savant nous fit signe de la main d'attendre un instant, et continua à distiller des œufs couvés pendant que ses casseroles chantaient sur les charbons. Ce fut très-heureux pour nous, car sans cela nous allions crever d'envie de rire étouffé. Enfin il versa le résidu des œufs couvés dans la pâte en dissolution, et se tourna subitement vers nous, car tous ses mouvements semblaient s'opérer par ressorts. Nous lui exposâmes le but de notre visite, et je lui fus présenté : en apprenant que la renommée de ses travaux lui valait déjà cet hommage, il se trémoussa d'aise, aspira fortement et s'écria : —Ah! jeune homme; latin, grec, hébreu, etc., etc.; hum! hum! chimie, hum! inventions, fortune, hum! lait d'ânesse avec papier mâché, etc., hum! etc., etc., — et un tas de paroles auxquelles nous ne comprenions rien et qui avaient trait à ses occupations; puis il s'agitait, clignait de l'œil, soupirait et considérait ses casseroles sans écouter ce que nous lui disions.

Sur ces entrefaites arrivèrent nos savants qui se confondirent en saluts et assurèrent au brave homme tout stupéfait que son nom volait par l'univers sur les ailes de la renommée. Ils lui exprimèrent leur respect et leur admiration en un baragouin emprunté à toutes les langues

parlées et dont voici un échantillon : « Illustrissime Domine, your name
« volat super alas della renommea, avecquo las rapiditas delle fulmine.
« Pleni di respect pour vostro savorio nos venimus presenter ad vos nos-
« tros hommagines reverentious et humblissimos ; » ce qui voulait dire :
« Illustre maître, votre nom vole sur les ailes de la renommée avec la rapidité de la foudre. Pleins de respect pour votre savoir, nous venons vous
présenter nos très-humbles hommages. » Le bon homme, qui était tout
au plus capable de comprendre le latin de septième, répondit en s'in-
clinant et grimaçant un sourire d'orgueil : *Gratias ago vobis*, hum ! hum !
fama, *nomen*, ah ! — *tone tanatone*, la mort, *antrôpos* l'homme, papier,
fromage, hum ! hum, etc., etc... *Pax vobiscum.*

Pendant cette scène bouffonne, un des savants était resté à l'entrée
de la cellule trop petite pour tant de monde, et la grosse servante, une
chandelle à la main, le regardait sous le nez d'un air singulier. A la fin
notre ami ne put y tenir et poussant un triomphant éclat de rire, s'écria :
—Ah ! vilain Cazo !... A cette brusque algarade, nous éclatâmes et rimes
à cœur joie, en nous sauvant à toutes brides pendant que Cazo marmot-
tait je ne sais quelles réflexions et que la vieille nous jetait des œufs
couvés, des patates et jusqu'à des casseroles par les jambes. Nous enfilâ-
mes les escaliers quatre à quatre, roulant les uns par-dessus les autres,
et la promptitude de notre fuite n'empêcha pas l'un de nous de recevoir,
sur son berret, l'espèce d'omelette qui mijotait dans la casserole du vieux
Cazo.

Quand nous fûmes en bas, nous étions tellement en train de rire,
qu'on nous aurait proposé avec succès la chose la plus extravagante ;
aussi nous empressâmes-nous de faire une promenade par la ville.

C'est ainsi que les étudiants s'amusent à Nuremberg.

TROISIEME RECIT.

On rit longtemps de l'abbé Cazo et des farces des étudiants allemands, qui excitèrent autant d'envie que d'admiration dans l'auditoire. Chacun voulait raconter des niches dont il avait été acteur ou témoin, et il fallut l'intervention active de Dioneo pour rétablir le silence. C'était le tour de l'Arabe Abdérame qui commença ainsi :

Je ne suis pas né dans vos villes boueuses, et un toit fumeux et sombre n'entendit pas mes premiers cris. Je vis le jour sous la tente et j'essayai mes premiers pas sous l'ombrage des sycomores, des platanes et des palmiers élancés. Mon père ne s'asseyait pas derrière le comptoir d'une boutique poudreuse, mais chevauchait sur une fière cavale, à la tête d'un doar fameux dans le désert. Les Français, dont les nombreux bataillons ravagaient alors ma patrie, apprirent à redouter le nom de mon père, scheik de la tribu des Ben-Assar, et je grandis au bruit de la fusillade dans les escarmouches, les marches forcées et les embuscades nocturnes. Nous guerroyons en fuyant pas à pas l'ennemi et lui faisant payer cher chaque pouce de terrain; et comme je n'étais pas d'âge à manier un fusil ni à trancher une tête, je précédais avec les femmes, les vieillards et les troupeaux la retraite de la tribu, ou la suivais dans ses attaques. Quand Abd-el-Kader le grand marabout alluma la guerre sainte, notre tribu partagea ses victoires et ses revers, et combattit vaillamment pour l'indépendance.

Je n'avais pas encore vu pour la douzième fois le soleil ramener les ardeurs de la canicule, que déjà l'on me citait comme un hardi cavalier et un adroit tireur, et mon père me promettait de jour en jour de l'accompagner au feu. Un jour, après une lutte sanglante et acharnée, Abd-el-Kader fut vaincu, et notre tribu écrasée resta presque en entier sur le champ de bataille. Un escadron de cavalerie fondit sur le doar, où il ne restait plus que des vieillards, des enfants et des femmes, nous atteignit et nous fit prisonniers. Quand je vis les cavaliers arriver au grand galop sur nous, le sabre levé, je ne consultai que ma rage, et, déchargeant mes deux pistolets au hasard sur l'ennemi, je me jetai sous les pieds des chevaux, le yatagan à la main. Un soldat me prit par les épaules, m'enleva sur son cheval, et m'arracha mes armes en riant de ma fureur. Je n'oublierai jamais cette scène d'épouvante et de confusion, le vacarme de la charge des cavaliers lancés à fond de train, les bestiaux fuyant en tumulte avec des gémissements affreux, les cris d'effroi des femmes qu'on hissait en hâte sur les chameaux, les vieillards, les enfants, foulés aux pieds, les coups de feu, les cris de ralliement, enfin le désordre d'un camp surpris et livré au pillage.

Me voilà donc prisonnier de guerre. Je fus emmené à Alger, où, en qualité de fils de scheik, on me traita avec beaucoup d'égards et on me donna le palais du gouverneur pour prison. Je devais de là être conduit à Paris pour y recevoir l'éducation à la française. Je m'apprivoisai peu à peu avec mes hôtes, et feignis si bien de m'accoutumer à ma position qu'on me permit de sortir dans Alger sous la conduite d'un domestique nommé Jean. C'était un gros garçon, joufflu, blondasse, indolent, crédule et niais. Il n'était pas de tour que je ne lui jouasse, et c'était peine perdue, car il ne s'apercevait jamais de ma malice et se plaignait toujours de son peu de chance. Il avait un faible pour le tabac et l'eau-de-vie, et je lui en payai tant que je m'en fis bientôt un ami dévoué, pas assez cependant pour me donner la clef des champs. Mais je me promis bien de la prendre sans sa permission. J'obtins de lui, à force de cajoleries, qu'il me mènerait promener hors la ville, ce qui lui était expressément défendu. Le drôle, qui se méfiait encore de moi, me tenait par le bras, ce qui m'ennuyait fort, car je ne savais comment m'en débarrasser. Enfin nous nous assîmes dans un endroit solitaire au pied d'un palmier, et je lui demandai de me laisser monter sur l'arbre, pour jouir de la vue. Il me le permit et facilita même mon ascension. Arrivé au sommet je me nichai dans le feuillage et le laissai se morfondre au pied. Au bout de quelques minutes il m'invita à descendre, je n'en fis rien. Il attendit un quart d'heure, puis s'impatienta, m'appela, grommela, jura, et cætera... Je lui répondis par une chanson qu'il entonnait régulièrement toutes les fois qu'il était de bonne humeur :

Femme sensible, entends-tu le ramage?

Il se radoucit, prit le ton de la persuasion et me tint un très-long discours auquel je répondis toujours en roucoulant la romance. Ensuite il se désola, me peignit la fureur du gouverneur en le voyant revenir seul, pleura et me supplia ; ce fut en vain. Alors il voulut monter pour me saisir, mais il n'eut pas plutôt embrassé le tronc de l'arbre, que je lui jetai une de mes babouches sur le nez. Alors il se coucha au pied du palmier et jura que je ne lui échapperais pas. Les heures s'écoulèrent, et nous restâmes dans la même position. Comme je ne bougeais plus, il me crut endormi et monta doucement à l'arbre ; je le laissai arriver près de moi, et quand il fut à ma portée, je lui assénai un vigoureux coup de babouche sur la tête. Il n'en demanda pas davantage, et dégringola en hurlant. Il s'étendit de nouveau, et resta les yeux fixés sur moi. Je m'amusai à lui éblouir les yeux en agitant ma veste rouge, et je fis si bien, qu'il finit par fermer les yeux et s'endormit. Aussitôt que je m'en aperçus, je me laissai couler en bas, après avoir laissé ma veste dans le feuillage pour qu'à son réveil il m'y crût encore, et je pris mes jambes à mon cou.

Je me sauvai sur le bord de la mer et me cachai dans les rochers. La nuit vint, et il me fallut m'endormir sans souper, ce qui affaiblit un peu le bonheur d'être libre. La faim me réveilla au premier rayon du soleil, et convaincu qu'on me chercherait dans la campagne, je préférai me glisser dans la ville, d'autant plus que j'y trouverais à satisfaire mon appétit qui devenait tout à fait importun. Je déchirai mes habits, je les traînai dans le sable et les herbes marines, je me noircis la figure, et ainsi déguisé je me dirigeai vers Alger.

En arrivant sous les remparts, un spectacle imprévu me remplit d'étonnement : la plage était encombrée d'une multitude de gens qui semblaient sur le point de s'embarquer dans une demi-douzaine de chebecs aux voiles triangulaires où se faisaient rapidement les préparatifs de l'appareillage. Les embarcations s'emplissaient de voyageurs, et je remarquai que c'étaient tous des vieillards à la longue barbe blanche et à l'air vénérable. Je sus plus tard que je voyais un départ d'Israélites qui, suivant un antique usage, s'en allaient mourir à Jérusalem la ville sainte. Tous les visages étaient graves et tristes, et à chaque pas des scènes d'adieux déchirants frappaient ma vue. Des femmes, des enfants entouraient les vieillards en pleurant, les embrassaient étroitement, et refusaient de s'arracher de leurs bras, malgré l'appel réitéré des patrons des navires; de vieux amis accompagnaient leurs amis et leur donnaient rendez-vous pour l'année suivante sur la terre paternelle. Les autres, déjà assis dans les chebecs, regardaient d'un œil mélancolique les jeunes gens et les enfants qu'ils ne devaient plus revoir.

Cette scène grave et patriarcale ne me fit pas oublier ma position, et je me dis qu'un voyage à Jérusalem m'irait assez bien, attendu que là je trouverais des fils du Prophète et que j'aurais l'occasion de rejoindre les guerriers de ma tribu en me mêlant à quelque caravane; d'ailleurs je serais allé au bout de la terre pour ne pas tomber dans les mains des Français. Je me glissai donc parmi la foule dans un chebec, que j'eus bientôt la satisfaction de voir déployer ses voiles latines comme deux grandes ailes, et fuir comme un oiseau sur la lame.

Quand je vis Alger, ses hautes murailles et ses légers minarets s'éloigner peu à peu et enfin disparaître à l'horizon, je me sentis léger et joyeux, et j'aspirai avec délices la brise marine qui gonflait nos voiles. Nous étions entassés pêle-mêle sur le pont, comme des harengs en caque, et mes compagnons de voyage étaient trop maussades pour valoir la peine de m'occuper d'eux. Je trouvai moyen de m'installer à cheval sur l'avant du navire et je m'amusai à regarder la mer. Je contemplais avec délices cette grande plaine bleue où de temps à autre une vague écumeuse brodait une frange d'argent. Les autres chebecs, moins chargés que le nôtre, fuyaient rapidement et furent bientôt hors de vue.

Cependant, sur les cinq heures du soir, le vent s'abattit tout à coup, en même temps que de gros nuages envahirent l'horizon. Les voiles battaient tristement les mâts, et le navire restait immobile sur la mer unie comme la glace. La chaleur était étouffante et l'air semblait manquer aux poitrines. Les matelots prirent les rames, mais nous avancions à peine. Enfin, à la tombée de la nuit, une légère haleine rida la surface des eaux, bientôt les voiles se tendirent et le navire reprit sa course. Mais en un clin d'œil le vent prit tant de force que les mâts craquaient et que l'avant labourait les lames. Il fallut prendre des ris, et cette précaution ne fut pas suffisante, car la brise passa à la tempête et les vagues franchissaient à chaque instant la frêle embarcation de l'avant à l'arrière. Nous étions inondés, et pour ne pas être emportés dans les flots, nous avions été contraints de nous tenir les uns les autres. Enfin, nos màts se brisèrent avec un craquement épouvantable et tombèrent à la mer : avant qu'on eù pu couper les cordages pour débarrasser le navire que leur chute faisait pencher, les lames l'envahirent avec furie et nous le sentimes couler avec nous. Je parvins à m'accrocher à une vergue qui surnageait et à m'y maintenir, persuadé que malgré tout ce que je pouvais faire, ma dernière heure avait sonné. Trois marins me rejoignirent sur une planche de salut, et nous nous y installâmes le plus sûrement possible. La mer nous roula quelque temps avec tant de furie qu'un de nos compagnons lâcha prise et disparut : cependant le vent se calma peu à peu, et plus promptement que nous ne pouvions l'espérer. La lune dissipa les nuages et fit briller la surface de la mer comme une robe à paillettes d'argent. Il ne nous restait pas grande chance de nous tirer de là, et pourtant l'espérance ne nous abandonnait pas.

Au bout de quelques heures, nous étions épuisés de fatigue, et nous voyions avec angoisse arriver le moment où il faudrait faire un dernier plongeon, quand j'aperçus, à une assez petite distance, un bateau à vapeur passer rapidement. Nous nous empressâmes de pousser des cris de détresse de toute la puissance de nos poumons, et nous eûmes la joie de voir une lampe s'agiter à bord pour nous avertir qu'on allait nous porter secours. En effet, nous entendîmes bientôt le bruit régulier des avirons fendant la lame, et nous vîmes un canot à notre recherche. Nos cris lui indiquèrent la direction qu'il avait à suivre, et bientôt nous fûmes recueillis.

Il faut convenir que je n'avais pas de chance, comme disait Jean : j'avais risqué de me noyer pour éviter les Français, et je tombais entre leurs mains, car c'était un paquebot qui se rendait à Marseille. Je me dis : c'était écrit, et je me résignai à la volonté du Prophète. Le capitaine qui m'avait vu chez le gouverneur, me reconnut sans peine, et à mon arrivée à Marseille on m'expédia pour le collége où je suis avec vous.

QUATRIÈME RECIT.

Quand Abdérame eut achevé le récit de ses aventures, Dioneo désigna John l'Anglais pour raconter à son tour ; ce qu'il fit en ces termes :

Wilfrid vous a dit comment on s'amuse en Allemagne ; moi, je vous conterai une partie de plaisir des fils de la bonne Angleterre, afin que vous puissiez comparer.

J'ai passé les vacances dernières à Glocester, vieille cité qui baigne ses murailles dans les eaux bleues de la Severn, noble rivière sur laquelle j'ai fait de charmantes parties, et même un petit voyage assaisonné de quelques aventures. Voici à quelle occasion : Un de mes amis, Dickson Baissarre, m'invita à venir avec lui et trois autres camarades passer un dimanche chez son père, brave gentilhomme campagnard, qui vivotait dans sa petite gentilhommière située tout près de l'embouchure de la Severn, à une dizaine de lieues de Glocester. Il nous était très-facile de prendre la voiture qui passait à quelques minutes seulement du lieu de notre destination ; mais ce genre de locomotion nous sembla beaucoup trop vulgaire, et notre imagination prit feu à l'idée seule d'y aller par eau. Après avoir décidé à l'unanimité que nous n'irions pas autrement, nous nous rendîmes solennellement chez un officier de la douane, Master Renduel, excellent homme dont l'humeur joyeuse s'accommodait fort bien avec notre pétulance, à l'effet d'obtenir qu'il mît un de ses canots à notre disposition, faveur qu'il nous refusait rarement. Il y consentit, mais à une condition à laquelle nous accédâmes de tout notre cœur, c'est qu'il serait de la partie et commanderait l'expédition.

Il arriva enfin, ce samedi tant désiré, jour fixé pour notre appareillage ; mais voyez le contre-temps : Il pleuvait ! Nous attendimes, midi sonna, puis une heure, puis deux, et la pluie ne cessa pas. Enfin à cinq heures du soir nous nous décidâmes à nous embarquer. Nous eûmes beau siffler pour appeler la brise et tendre la main vers les quatre points cardinaux pour flairer le vent, nous ne découvrîmes pas le moindre petit souffle, et il fallut prendre l'aviron. Nous déposâmes donc le mât et les voiles au fond de l'embarcation et commençâmes à ramer vigoureusement; nos avirons tombaient en cadence, frappaient un seul coup, et le canot bondissait comme un cheval piqué de l'éperon. Une pluie fine et pénétrante tombait sans relâche et enveloppait la rivière d'une brume assez épaisse. Notre voyage s'annonçait donc d'une façon peu réjouissante; car, travaillant comme des nègres, mouillés comme des poissons, nous n'avions même pas la consolation d'admirer les bords de la rivière et leurs points de vue si pittoresques. De temps en temps une petite alerte venait rompre la monotonie de cette navigation prosaïque : nous nous trouvions nez à nez avec une embarcation remontant le courant, que la brume nous avait empêchés de voir ; ou bien un bateau à vapeur arrivait en bourdonnant et battant l'eau de ses palettes, et il fallait nous déranger au plus vite.

Nous avions essayé de chanter et de rire, mais notre gaîté n'avait pu tenir contre le mauvais temps, et nous ramions silencieusement, quand vers les six heures la brume se dissipa un peu et nous permit de voir la terre. Nous étions alors à la hauteur du village de Bassinter dont les maisons blanches commençaient à se montrer à travers le brouillard ; et en longeant la rive, M. Renduel reconnut un capitaine caboteur de sa connaissance qui demeurait à un village voisin. Nous le hélâmes, il reconnut notre patron et s'approcha pour que nous le prissions à notre bord. En accostant nous ne vîmes pas un roc à fleur d'eau qui faillit en-tr'ouvrir notre canot ; comme nous avions levé les rames pour aborder nous en fûmes quitte pour un choc terrible, et notre nouveau compagnon sauta dans notre embarcation en brisant un banc sous son poids. C'était en effet un compère d'une rotondité fort respectable, à la face enlumi-née, à la voix haute, à l'air ouvert et joyeux, affublé d'un habit de chasse trempé par la pluie, et coiffé d'une immense casquette de toile cirée en abat-jour. A peine fut-il installé qu'il demanda à boire; on lui passa la gourde, il se renversa et contempla assez longtemps la lune qui brillait par son absence. Cela fait, il demanda où nous allions et décida que nous souperions et coucherions à l'auberge où il prenait sa pension. Nous acceptâmes sans trop nous faire prier, car la nuit venait; il eût été fort peu amusant de faire encore sept lieues les rames sur les bras; et si la brume avait diminué, il n'en était pas de même de la pluie, qui tombait franchement par torrents très-fréquents.

Nous arrivâmes au village de Koëron, trempés comme des canards et tant soit peu las; la vue d'un grand feu et de la table mise fit s'épanouir notre cœur et notre figure, comme la terre au premier rayon après l'orage. Par les soins du capitaine, nous échangeâmes nos habits ruisselants contre des vêtements de toutes formes et de tout sexe, car M. Renduel, n'ayant pu trouver de pantalon, avait passé une vieille jupe à raies, qui formait avec sa petite taille la tournure la plus grotesque. Nous fîmes un joyeux souper suivi de folies étourdissantes. Enfin, nous allâmes nous coucher deux par deux dans un grand galetas, contenant trois méchants lits. Nous croyions que c'était pour dormir, mais maitre Baissarre en avait jugé autrement. Toute la nuit il cabriola dans la chambre, allant d'un lit à l'autre houspiller les dormeurs qu'il laissait parfois s'endormir pour les réveiller aussitôt par son vacarme. Il y gagna quelques bonnes taloches, mais il s'en vengea en allant se percher sur un vieux bahut où il resta toute la nuit, miaulant, aboyant, chantant, hurlant et faisant le diable! Enfin le jour arriva, et les gais rayons du soleil nous chassèrent du lit. Nous nous levâmes en grognant, car notre nuit avait été un cauchemar impitoyable, et nous gagnâmes notre embarcation, sans avoir pu obtenir une tasse de thé de notre disgracieuse hôtesse. Le temps était magnifique et une petite brise nord-est ridait la rivière. Déjà nous installions notre mât en attendant M. Renduel, quand nous le vîmes venir à nous, entouré d'une demi-douzaine de manants qui braillaient et gesticulaient en nous accusant d'avoir ouvert une malle qui se trouvait dans le galetas où nous avions couché, et d'y avoir pris une demi-couronne. Bientôt une cinquantaine de paysans se rassemblèrent et ce fut un chorus de malédictions et d'injures. Il était question de nous mener chez le shériff et notre partie était menacée d'être sérieusement entravée, quand survint le capitaine Blondluss, attiré par les criailleries. Dès qu'il sut ce dont il s'agissait, il me dit de lever l'ancre de notre canot, en jurant qu'il assommerait quiconque s'opposerait à notre embarquement. Je fis ce qu'il m'avait dit et retins l'embarcation à l'aide d'une gaffe. Alors deux grands lourdauds vinrent se placer devant mes compagnons; mais le capitaine leur distribua à chacun un coup de poing qui les firent tomber dans l'eau, et se posant en boxeur expert couvrit la retraite. Il s'embarqua le dernier, en face des paysans qui n'osaient affronter son poing redoutable; mais nous ne fûmes pas plutôt dans notre canot qu'une grêle de pierres nous assaillit. Nous hissâmes vivement notre grande voile qui se tendit sous une bonne brise, le canot s'inclina gracieusement, et partit au milieu de la mitraille et des vociférations de la populace de Koëron. Nous nous cachâmes au fond, et les pierres volèrent sur nos têtes, ce qui ne nous empêcha pas de recevoir quelques bons coups. Master Renduel, qui était très-adroit, saisit une pierre tombée dans le canot et visa si juste qu'il atteignit la mâchoire d'un de nos ennemis qui se sauva en hurlant.

Nous eûmes bientôt perdu de vue ce village de bandits, et l'influence d'une belle matinée d'automne nous fit bien vite oublier nos mésaventures. Le soleil argentait la rivière et nuançait de teintes charmantes les forêts de peupliers qui bordent le rivage. Nous descendions le courant vent arrière, nonchalamment étendus sur nos bancs, contemplant le ciel, les ondes, les rives, où riait parfois une maisonnette entre les arbres, les îlots hérissés d'une végétation luxuriante. Notre canot filait comme un steamboat, et nous n'avions pas la moindre manœuvre à opérer. Nous commencions à nous ennuyer de ce temps par trop joli, quand la brise augmenta sensiblement en même temps que la rivière s'élargissait, et que nous sentions à une légère houle que la mer n'était pas loin.

Le temps s'était couvert et de gros nuages roulaient sourdement sur nos têtes. Nous commençâmes à traverser une multitude d'îlots, et au moment où nous étions engagés dans un bras de rivière assez étroit, nous manquâmes aborder un bac qui transportait des chevaux. Ces animaux effrayés par notre voile se mirent à hennir, à ruer, à faire des cabrioles extravagantes qui faillirent causer leur perte et celle de leurs conducteurs, qui se démenaient avec force jurons et coups de fouet pour les faire tenir tranquilles. Ils faisaient marcher le bac en halant sur une corde attachée des deux côtés du rivage, et comme ils avaient été obligés de cesser de haler pour contenir leurs passagers, il s'ensuivit que le bac dériva un peu, et se trouva soudain en travers devant nous. Je me précipitai la gaffe à la main pour empêcher le choc.

Nous arrivâmes bientôt à la hauteur des domaines de notre amphi-tryon, et après avoir mis notre canot sous la garde de Dieu et d'un bon vieux douanier qui fumait sa pipe au soleil, nous nous acheminâmes à travers champs vers la demeure du père de notre ami. Nous fûmes re-çus à bras ouverts, et le dîner fut aussi gai que copieux et succulent. Sur les trois heures il fallut songer à repartir, car nous avions vent de-bout pour le retour, et si nous ne profitions pas de la marée il nous serait impossible d'atteindre le seul village où nous pouvions coucher. Nous prîmes donc congé de nos hôtes pour rejoindre notre embar-cation.

La brise était violente, et comme la marée venait en sens inverse, il en résultait une forte houle. Nous n'avions plus qu'une heure de flot, et il fallait arriver avant le jusant si nous voulions éviter la fatigue de lutter contre le vent et le courant; nous commençâmes donc à lou-voyer, allure qui nous plaisait beaucoup parce que notre secours était nécessaire pour virer de bord. Le vent augmentant toujours de violence, sifflait avec furie; notre canot s'inclinait sous sa toile comme s'il al-lait chavirer, et à chaque instant les lames sautaient d'un bord sur l'autre, en nous aspergeant d'eau salée; les vagues étaient courtes et déferlaient, de sorte que l'embarcation montait et descendait avec une vitesse effrayante.

Enfin, le vent devint si fort qu'il fallut se mettre deux à tenir le gou-vernail, et encore le canot s'inclina tellement sous une rafale, qu'il fallut larguer en toute hâte la voile pour le faire redresser. Le vent fouetta la voile avec violence, le canot chancela et fit de l'eau, et au bout de quelques secondes d'hésitation reprit sa course. Quand il fal-lait virer nous tendions la voile au vent, et je vous réponds qu'il fallait tenir bon. Bientôt il fallut prendre des ris, et pendant cette opéra-tion assez difficile par un temps pareil, la casquette en abat-jour de M. Blondluss partit pour l'Amérique sur l'aile des vents et des flots. Cependant nous n'avancions guère et le vent augmentait toujours; en-fin, il fallut abattre voile et mâts, car il soufflait à décorner des bœufs. Nous voilà donc à la rame, vent debout et contre le courant qui renver-sait déjà depuis longtemps. La nuit vint sombre et menaçante, nous apportant la douce perspective de coucher sur la rivière, exposés au souffle de la brise et aux grains fréquents et copieux que nous promettaient de gros nuages bien noirs. Il n'y avait pas une maison sur toute la côte, de trois lieues au moins, et nous avions beau ramer, nous faisions à peine une encâblure en un quart-d'heure. Enfin, le capitaine Blondluss se rappela avoir vu un corps-de-garde de douaniers, et nous redoublâmes d'efforts pour arriver. Je me souviendrai toujours des peines inouïes que nous eûmes à traverser le courant de la pointe d'une île au rivage où était ce corps-de-garde. Nous y arrivâmes enfin, harassés de fatigue, et le lit de camp et le pain de munition nous firent bien plus de plaisir que le succulent dîner de la veille. Nous nous endormîmes au bruit du vent et de la tempête, et je me rappelle qu'il me sembla en m'assoupissant, que le corps-de-garde chancelait comme un navire à flot. Je frissonnais de froid, mes dents claquaient, et je croyais à chaque instant que le vent allait emporter la maison.

On nous réveilla à une heure du matin pour que nous profitions du flux pour aller à Pelrin, village où nous devions trouver un bon gîte. Le vent avait un peu perdu de sa violence, mais la marée était forte et houleuse ; nous avions le courant ; aussi, nous trouvions-nous bien heureux en comparant notre situation à celle de la veille. Nous étions gais comme des pinsons, et il nous semblait que nous nous accoutumions à la fatigue ; pour moi, j'étais beaucoup plus dispos que la veille au matin. Nous vîmes au point du jour le soleil se lever sur les ondes, et sur les cinq heures nous débarquions à l'enseigne du *roi Georges*, à Pelrin. Après avoir fait un somme et bien déjeuné, nous repartîmes pour Glocester, où nous arrivâmes enfin dans la soirée.

CINQUIEME RECIT.

Nos amis écoutaient la bouche béante le récit du petit voyage de John,
et montraient un vif intérêt pour les divers épisodes dont il était semé.
On s'entretint quelque temps de parties de bateau, d'aventures de pêche
et de navigation. Quand Dioneo vit que le sujet s'épuisait, il engagea
Diego l'Espagnol à raconter à son tour quelque souvenir de son pays. Il
commença ainsi, après que le silence eut été établi non sans difficulté :

Je ne vous dirai ni tempêtes, ni mer courroucée; moins heureux
que John, je n'ai jamais mis le pied dans un bateau qu'une seule fois
dans ma vie, et ce fut par le plus beau temps du monde. J'habitais
alors les fertiles campagnes de la romantique Andalousie, au fond d'un
vieux manoir enfoui dans les fleurs et la verdure, et je faisais de fré-
quentes excursions jusqu'au rivage de la mer, vers une petite anse où
s'abritaient quelques bateaux pêcheurs. Cet endroit est remarquable
non-seulement à cause du mouvement et de la vie qu'y entretient la
pêche, mais surtout par un vieux donjon d'architecture arabe dont les
arcades moresques sont dentelées d'ornements d'une délicatesse in-
finie.

Un jour que j'étais au pied de cette tour à bâtir dans ma cervelle un
rêve chevaleresque, je remarquai plus de mouvement que de coutume
parmi les chaloupes et j'appris que les passagers endimanchés dont
elles s'emplissaient se rendaient à Alméria pour y assister à une course
de taureaux; à cette nouvelle le cœur me bondit, et je m'élançai réso-
lument dans une des embarcations. Le temps était magnifique, mais il
faisait un soleil brûlant, et je crus un moment que nous allions périr
sous ce ciel transformé en fournaise ardente. Les cris *agua ! agua !* de
l'eau ! retentissaient de toutes parts : il n'en manquait pas, d'eau, il n'y

avait qu'à se baisser pour en prendre ; mais en fait d'eau douce, le patron n'en possédait qu'une outre qui fut efflanquée en un clin d'œil. Nous abordâmes à Alméria au milieu d'une forêt de navires et d'embarcations ; et, rôtis par le soleil nous nous dirigeâmes vers le cirque quoiqu'il ne fût qu'une heure et que le spectacle ne dût commencer qu'à cinq heures. Vous croyez sans doute que nous fûmes des premiers et que nous eûmes le choix des places? Point ; il nous fallut faire queue deux heures de temps et nous eûmes bien de la peine à nous placer ; à trois heures tout était plein, et dix mille spectateurs, entassés sur les gradins d'un cirque immense, cherchaient à tuer le temps pendant deux heures d'attente à l'aide de bouffonneries, de pasquinades et de bons mots de l'originalité la plus piquante. Les marchands de glaces parcouraient les rangs par centaines, et ne pouvaient suffire à éteindre l'incendie allumé par le soleil dans dix mille gosiers.

Enfin sonna l'heure si impatiemment appelée. Notre élégante garde nationale à cheval fit évacuer le cirque où se pavanaient quelques *aficionades* ou *lions* du pays, et deux alguazils en grand costume allèrent chercher les *toreros*, qui firent leur entrée aux acclamations du populaire et aux éclats des fanfares. En tête parurent les *picadores*, en veste courte de velours orange, semée de broderies, de franges et d'ornements divers, laissant voir la chemise à grand jabot, la cravate bariolée et la ceinture de soie ; en pantalon de peau de buffle rembourré de tôle à l'intérieur ; un chapeau gris ou sombrero aux bords immenses, dont le fond disparaissait sous les touffes de rubans, abritait leur figure. Ils s'avancèrent gravement la lance sur le pied, sur des chevaux dont les yeux étaient bandés. Vinrent ensuite les *chulos* ou *capeadores*, en costume de Figaro et portant sur le bras un manteau d'étoffe éclatante qu'ils agitent devant le taureau pour l'irriter, l'éblouir ou lui donner le change. Puis les *banderillos* chargés de décocher dans les épaules du taureau de petites flèches acérées et enjolivées de barbes de papier qui doivent irriter le taureau et l'amener à l'état d'exaspération nécessaire pour embellir le dénouement de la course. Un peu plus loin, parut en costume resplendissant, l'*espada*, armé d'une longue épée avec une poignée en croix et brandissant un morceau d'étoffe écarlate sur un petit bâton. La marche était fermée par l'attelage de mules destinées à enlever de l'arène les taureaux et les chevaux morts.

Le cortége alla saluer la loge de l'*ayuntamiento*, d'où on lui jeta les clefs du *toril* que dut ramasser un alguazil pour les porter au garçon de combat, ce qu'il fit d'un air peu rassuré et se sauva aussitôt au grand galop, au milieu des huées et des rires des spectateurs. Les deux picadores se placèrent de chaque côté de la porte du toril, la lance au poing et bien assujettis sur leurs montures ; les capeadores et les banderillos s'éparpillèrent dans l'arène.

Enfin les fanfares sonnèrent, la porte rouge ouvrit à grand fracas ses deux battants et le taureau bondit dans la carrière, salué par un hourra immense. C'était un superbe animal, au pelage noir et luisant, au mufle carré, aux cornes longues et aiguës, aux jambes sèches et nerveuses, aux flancs bien développés. Il s'arrêta une seconde, ébloui du grand soleil et abasourdi du tumulte, puis fondit tête baissée sur le premier picador ; celui-ci abaissa la pointe de sa lance, se mit en arrêt et soutint bravement le choc ; le taureau chancela et fit volte face, emportant une blessure à l'épaule, d'où s'échappait un large filet de sang. Puis, emporté par un redoublement de rage, l'animal furieux revint tout d'un coup sur son ennemi les cornes basses et s'élança avec tant de vigueur qu'il plongea sa corne entière dans le ventre du cheval. Les chulos accoururent, secouèrent leur manteau écarlate et parvinrent à distraire ainsi l'attention du taureau qui se jeta à leur poursuite ; mais, s'appuyant sur le rebord, ils sautèrent légèrement par-dessus la barrière, laissant le taureau stupéfait de leur disparition. Le malheureux cheval éventré traversa l'arène en chancelant, et répandant sur le sable ses entrailles au milieu des flots d'un sang noir et épais, puis finit par s'abattre contre la barrière. Le taureau, en passant, l'acheva d'un coup dans le poitrail.

Cependant le taureau, exaspéré par les agaceries des chulos fondit avec tant de furie sur le second picador, que le cheval roula du choc, les quatre fers en l'air ; le cavalier tomba sous le cheval qui fut aussi éventré par le taureau, et une angoisse indicible serra le cœur des spectateurs quand ils virent le pauvre picador, la jambe prise sous le corps de sa monture, exposé à la rage de son féroce ennemi. Les chulos parvinrent encore à l'attirer sur leurs pas, et le picador sauvé se débarrassa et repassa la barrière. Les picadores rentrèrent en lice sur des chevaux frais, et il y eut plusieurs coups plus ou moins remarquables.

Mais la fureur du taureau semblait s'alanguir quand survinrent les banderillos, qui le harcelèrent plus que jamais et criblèrent son cou de leurs flèches bardées de festons de papier. Quand le taureau sentit ces flèches lui percer le cuir et bruire à ses oreilles, il rugit, écuma, et fit des cabrioles extravagantes, lançant en l'air les cadavres des chevaux et labourant le sable de ses cornes comme pour défier de nouveaux ennemis. Enfin l'espada parut et alla saluer l'ayuntamiento qui lui octroya la permission de tuer le taureau. Il se drapa majestueusement dans sa *muleta*, et marcha d'un pas ferme vers le taureau furieux. Il fit papillonner l'étoffe écarlate sur laquelle le taureau se précipitait avec une rage aveugle ; d'un saut il évitait l'animal qui, revenant à la charge, donnait d'inutiles coups de tête dans l'étoffe. Enfin, le moment suprême arriva : l'espada se posta droit en face du taureau, l'épée horizontale à la hauteur de ses cornes, et l'attendit l'œil fixe et le visage impassible. Comment peindre l'angoisse de l'attente qui arrêta le battement de dix mille cœurs dans cette situation critique. Le taureau se rua sur l'homme, ses cornes effleurèrent sa poitrine ; on le crut mort ! Le fer brilla comme un éclair entre les cornes, le taureau tomba à genoux en beuglant douloureusement, puis s'abattit avec l'épée plantée entre les deux épaules. Un tonnerre d'applaudissements éclata dans l'amphithéâtre où il se fit une véritable pluie de bouquets. La musique militaire célébra la victoire, et un attelage de mules richement harnachées entra dans l'arène et enleva au galop les cadavres des chevaux et du taureau.

Je me retirai tout troublé, et les terribles émotions de ce drame resteront ineffaçables dans mon souvenir.

SIXIÈME RECIT.

Le récit de Diego avait trait à des usages si peu en rapport avec les habitudes de ses camarades, qu'il ne put manquer d'exciter leur intérêt et leur surprise. Une discussion très-chaude s'éleva entre Diego et John, qui prétendait que la course de taureaux était un spectacle barbare digne de peuples à demi sauvages. Diego allégua, pour justifier son pays, les combats de gladiateurs et de bêtes féroces à Rome; John répondit que le christianisme avait changé les mœurs depuis lors, et que rien ne pouvait excuser la férocité. Bref, la discussion s'échauffa et faillit dégénérer en dispute; mais Dioneo leur imposa silence en donnant la parole au Prussien Arnold.

Je n'ai, dit celui-ci, dans mes souvenirs, ni nobles combats ni aventures intéressantes : je me bornerai à vous raconter ma première partie de chasse. Mon père avait enfin consenti la veille à me laisser aller à la chasse, et je n'avais presque pas dormi d'impatience. Aussi, étais-je éveillé, levé et équipé deux heures avant que Hughes vînt me chercher. Je m'étais mis à la fenêtre malgré le brouillard froid et humide du matin pour épier son arrivée, et j'entendis avec désespoir sonner trois, puis quatre, puis enfin cinq heures, moment fixé pour le rendez-vous. Les heures m'avaient paru des jours, mais quand l'horloge eut sonné les cinq coups désirés, les minutes me semblèrent des heures. Enfin, à cinq heures et demie, une espèce de vagabond en chapeau de paille et en blouse vint faire danser le marteau de la porte, et je reconnus mon cher ami Hughes sous cet accoutrement.

Je descendis le rejoindre en toute hâte, et nous nous acheminâmes ensemble vers l'endroit où nous attendaient nos amis. Nous grimpâmes dans une mauvaise carriole au nombre de douze individus, dont six chiens, et partîmes au trot, chantant et plaisantant, mais secoués comme dans un panier à salade. Nous avions un petit cheval vif et ombrageux sur lequel il fallait avoir l'œil ouvert, comme l'événement le prouva bientôt. Notre chariot était conduit par un marin, franc luron et excellent tireur, qui prétendait nous donner une leçon de justesse de coup d'œil au tir, mais qui à coup sûr avait besoin dans prendre pour la conduite d'une voiture, car il avait grand soin de n'éviter aucun cahot ni aucune ornière, et il fit si bien qu'il nous jeta tous les uns par-dessus les autres, hommes, bêtes et fusils dans un fossé fangeux. Nous nous relevâmes en riant et remontâmes dans notre véhicule dont le fils de Neptune nous abandonna avec beaucoup de peine le gouvernail, car il prétendait mieux conduire que pas un de nous.

Enfin, nous arrivâmes à Dourduff, où nous laissâmes notre carriole pour nous embarquer. Notre canot se balançait sur le lac comme un coursier impatient, et déjà trois amis nous y attendaient. Nous déployâmes toute notre toile au vent, et glissâmes sur la baie de Dourduff comme l'hirondelle sur le lac qu'elle effleure à peine. Nous arrivâmes en une demi-heure de l'autre côté de la baie, et nous atterrâmes sur une côte rocheuse où foisonnaient les lapins. On tira alors d'une cage un petit animal au corps long et étroit comme celui du serpent, aux pattes courtes, au museau long et pointu, aux yeux rouges et ardents, et l'on m'apprit que je voyais un furet, jolie petite bête dont l'air fin et futé et le regard sanguinaire ne sont pas faits pour inspirer la confiance.

Nous mîmes pied à terre, et gravîmes une falaise assez escarpée, et, parvenus au sommet, nous aperçûmes près d'une vieille barrière un groupe que nous n'attendions guère. C'était un petit paysan d'une douzaine d'années, à l'air niais et timide, tenant en laisse trois magnifiques lévriers. A force de questions et d'explications, nous parvînmes à savoir de lui que ces bêtes appartenaient au baron de Grosbliederstroff, sire de ce domaine, et qu'il était en chasse.

En effet, nous aperçûmes deux cavaliers venant vers nous, suivis d'une demi-douzaine de chiens. Nous ne jugeâmes pas à propos de les attendre pour nous prendre en flagrant-délit de braconnage, et regagnant le canot sans retard, nous fûmes bientôt sous voile.

Nous mîmes le cap sur l'île Kallo, terre inculte et déserte, où chaque touffe d'herbe cache un lapin. Je n'oublierai jamais l'aspect sauvage de cette île hérissée de rochers, de landes et de bruyères, sous un ciel gris et monotone. Je me croyais en Écosse, acteur dans quelque scène du genre de celle que dépeint si bien Walter-Scott, et je tenais mon fusil à mon bras, scrutant de l'œil chaque accident du rivage pour y découvrir l'ennemi. J'aperçus à un demi-quart de lieue de nous une douzaine d'oiseaux de mer, gros comme des canards, et je ne pus résister à l'envie de les saluer ; j'ajustai lentement mon fusil, et fis feu. C'était mon premier coup ! le cœur me battait bien fort, je regardai, et à ma grande humiliation, les oiseaux de mer continuaient leurs ébats comme si de rien n'était. Je le crois bien, c'eût été un fameux miracle que du petit plomb eût porté à cette distance.

A peine débarqués, nous nous mîmes à la piste des lapins ; un terrier fut bientôt trouvé, et l'on y introduisit le furet qui s'y plongea avidement, tandis que nous nous postions l'arme à la main, sur le haut de la falaise ; nous étions là huit pour mettre à mort la plus innocente des créatures. Je regardais sans trop savoir ce qui allait se passer, quand quelque chose de fauve déboucha à mes pieds, et passa entre mes jambes avec la rapidité d'une flèche ; au même instant deux coups de feu retentirent, suivis de sept exclamations, et j'aperçus le cadavre du lapin qui m'avait fait tant de peur. On rit beaucoup de mon ingénuité qu'on aurait pu comparer à celle de Dagobert, célébrée dans ces vers :

> Le bon roi Dagobert,
> Chassait dans la plaine d'Anvers.
> Le grand saint Eloi,
> Lui dit : O mon roi,
> Votre Majesté
> Est tout essouflé !
> C'est vrai, lui dit le roi,
> Un lapin courait après moi.

Ce qu'ils ne firent pas, attendu qu'ils ignoraient cette chanson. On nous imposa silence et nous fixâmes de nouveau les yeux sur les terriers. Bientôt un lapin s'élança sur le rivage et s'éloigna au petit galop. Je n'avais pas encore eu le temps de mettre mon fusil à mon épaule, que je le vis rouler le derrière par-dessus la tête, et s'affaisser sur la terre. Il en fut de même tout le temps de la chasse, je ne tirai jamais à temps. Tantôt je voulais voir bien le lapin avant de tirer, et il était mort avant que mon coup partit ; tantôt, pour ne pas être en retard, je tirais, dès que je le voyais, au hasard, et si je l'avais tué ainsi, c'eût été un peu drôle. Je me vengeai sur un malheureux moineau, qui, perché sur une branche, tuitait insolemment comme pour me narguer.

Après la chasse au furet on chassa au chien courant, et je m'a musai beaucoup à entendre les chiens donner, et les chasseurs les exciter ; puis les ruses des chasseurs, les embuscades, tout cela offrait plus d'attrait pour moi.

On me posta sur un point où il était possible, mais peu probable que le lapin passât pour se terrer, et, voyez la chance, je le vis bientôt arriver droit en face de moi.

Le cœur me battit bien fort ; j'ajustai cependant d'un bras assez ferme et bien sûr que j'allais tuer le lapin qui n'était plus qu'à deux pas, quand un chien incivil, se précipitant sur lui, le happa bel et bien et me ravit la victoire.

Ma rage se déchargea encore sur les pierrots du canton, dont je fis une effroyable boucherie.

Nous revînmes le soir, à la voile, par une jolie brise, avec une vingtaine de victimes. Le retour fut égayé par le récit des prouesses et les fanfaronnades des chasseurs.

Nous naviguâmes en courant de longues bordées dans la baie, car nous avions le vent devant nous, et le soir nous vit débarquer sains et saufs à l'auberge de Dourduff, où nous fîmes un succulent dîner. Telles sont mes premières armes à la chasse.

SEPTIEME RECIT.

Quand Arnold se tut, ses amis lui firent à l'envi les éloges les plus ironiques sur ses exploits à la chasse, et chacun d'eux, moins franc que lui, voulut raconter ses hauts faits, avec force vanteries suivant l'usage des chasseurs. Il s'ensuivit une espèce de lutte de gasconnades, et l'on en vint à raconter des chasses vraiment fabuleuses. Les orateurs s'échauffaient, et la voix du président retentit longtemps sans pouvoir rétablir l'ordre. Enfin, ayant obtenu un peu de silence, celui-ci engagea l'Américain Jasper à prendre la parole, ce qu'il fit en ces termes, après un assez long intervalle de silence, pendant lequel il sembla méditer dans sa tête ce qu'il allait conter :

Je suis né dans une boutique, j'ai été élevé derrière un comptoir, et à moins de raconter ma traversée, je ne vois rien à vous dire d'intéressant dans ce qui m'est arrivé personnellement. Des farces d'école, des sermons et des algarades paternelles, des dînettes sur l'herbe le dimanche, voilà tout ce que je trouve dans mes souvenirs d'enfant. Mais en cherchant dans les traditions du pays où j'ai vu le jour, je découvrirai aisément plusieurs événements qui ne manquent pas d'intérêt. Voici, entre une foule d'autres, une aventure célèbre en Amérique et qu'on m'a contée souvent au coin du feu dans la bonne ville de New-York. Je puis vous la garantir comme historique et certifiée par de nombreux témoignages

Quelque temps avant la guerre que soutinrent, pour leur indépendance, les colonies anglaises, contre la métropole, un jeune officier anglais, nommé Jones, qui habitait dans les environs du fort Edward, fit la connaissance d'une charmante jeune personne, nommé miss M'Créa, et, après que leurs cœurs se furent entendus, obtint de ses parents le consentement pour leur union. Hélas! le lendemain des fiançailles la guerre éclata et Jones, fidèle à son drapeau, dut laisser là les doux projets de bonheur pour les inquiétudes des camps, et quitter sa fiancée pour l'armée du général Burgoyne, campée à trois milles du fort Edward.

Les deux jeunes gens s'écrivirent souvent, comme vous le pensez; mais bientôt toutes les communications avec les provinces rebelles furent strictement interdites. Ce fut un grand chagrin pour notre jeune officier, mais il trouva le moyen de faire parvenir une lettre à miss M'Créa pour la tranquilliser et la supplier de ne point s'éloigner, car il croyait pouvoir lui affirmer qu'aussitôt après la reddition du fort Edward qui lui semblait prochaine, il irait la chercher pour la conduire en un lieu de sûreté et célébrer leur hymen.

La jeune personne fut ravie de savoir sain et sauf celui qu'elle craignait de ne plus revoir, et pour ne pas perdre la moindre chance de le rejoindre plus vite, elle voulut rester pour l'attendre, seule avec une femme de chambre, malgré les prières de son vieux père et les larmes de sa mère, qui la quittaient le désespoir dans l'âme, comme si quelque secret pressentiment les eût douloureusement affectés.

Cependant le siége dura plus longtemps que ne l'avait supposé le jeune homme et les événements furent loin de marcher au gré de son impatience. Ne pouvant supporter une plus longue séparation, il chercha tous les moyens de se réunir sûrement à celle qui devait être sa femme, et la fatalité lui suggéra la pensée d'y employer les Indiens. En conséquence, il leur remit, pour miss M'Créa, une lettre par laquelle il la conjurait de venir la rejoindre au camp, où tout était prêt pour leur union. Il l'engageait en outre à se fier à ses guides auxquels il avait remis son cheval pour l'amener.

Enflammés par l'espoir de la récompense promise qui consistait en un baril d'eau-de-vie, les sauvages partirent pleins de zèle, et décidés à tout faire pour s'acquitter de leur mission. Lorsqu'ils approchèrent de l'habitation de miss M'Créa, elle était à sa fenêtre, les yeux tournés dans la direction du camp : ils élevèrent au-dessus de leurs têtes, avec de grands cris, la lettre dont ils étaient porteurs, et dès qu'elle les aperçut, devinant de suite de qui venait cette singulière ambassade, elle accourut au-devant d'eux, et saisit la lettre avec empressement. A peine eut-elle lu ou plutôt deviné que son fiancé l'attendait, qu'elle s'élança sur son cheval, sans terreur, sans regret, et s'abandonna, malgré les cris et les pleurs de sa servante, à cette escorte hideuse et barbare.

Les sauvages de cette partie de l'Amérique ont le corps presque nu et bariolé de couleurs extravagantes, surtout en temps de guerre. Ils se rasent la tête et ne laissent qu'une seule touffe de cheveux sur le sommet pour braver leurs adversaires, car c'est un grand honneur pour un sauvage de scalper un ennemi, c'est-à-dire de lui enlever sa chevelure, et ils ne laissent ni morts, ni blessés sans leur faire subir cette barbare opération. Ils brandissent continuellement le redoutable tomahaw, ou hache d'arme, qu'ils lancent avec beaucoup d'adresse à la tête de l'ennemi. Ils sont rusés, perfides, adroits et singulièrement prudents; habiles à suivre une piste, ils ont la vue, l'ouïe et l'odorat d'une finesse extraordinaire, et bienheureux l'ennemi qui trompe leur vigilance. Ils sont braves mais féroces, et dans leur guerres de ruses et de piéges, la fourberie est en honneur. Jugez, d'après ce portrait, si une jeune fille devait se trouver à l'aise avec de pareils guides dans l'immense solitude des forêts.

Ils avaient déjà franchi la montagne et n'étaient plus qu'à un mille et demi du camp, lorsqu'ils furent accostés par un autre parti d'Indiens qui, ayant eu connaissance de la récompense promise par M. Jones, avaient résolu d'enlever cette jeune fille pour la conduire eux-mêmes au camp des Anglais On se figure son effroi quand elle vit approcher ces farouches créatures, aux traits menaçants, à l'œil ardent, à la voix rauque et dure.

Une longue contestation eut lieu entre les deux partis sur leurs droits respectifs, et pendant ce temps miss M'Créa piqua des deux pour s'enfuir; mais un sauvage bondit à la tête du cheval et parvint à le retenir. Au même instant un tomahaw se leva, un coup suivit, et une lutte sanglante et acharnée s'engagea entre les deux partis. Les nouveaux venus abattirent d'abord deux guerriers, et firent retentir la forêt d'horribles hurlements de triomphe, puis deux des leurs tombèrent aussi le front dans la poussière, tandis que plusieurs autres, des deux côtés reçurent diverses blessures plus ou moins graves. Enfin, la mêlée prit un tel aspect de furie et d'acharnement, qu'un des chefs pensa, dans sa simplicité naïvement féroce, que le seul moyen d'apaiser la rage des deux partis était d'en faire disparaître la cause. S'élançant donc rapide comme le tigre sur la pauvre jeune fille, il lui fendit le crâne de son arme meurtrière. Après cet affreux attentat, il détacha, avec le scalpel, sa magnifique chevelure brune, et la porta tout ensanglantée au malheureux Jones, comme trophée de son zèle. La stupéfaction, l'horreur, le désespoir de cet infortuné jeune homme passèrent toute expression quand il vit ces dépouilles chéries; et les remords poignants d'avoir, par son imprudente'confiance dans ces misérables, causé la mort d'une personne si aimable et si chère, lui firent perdre la raison. Il s'élança fou furieux à travers le camp, secouant avec rage cette chevelure, et brandissant une épée nue. On voulut l'arrêter, mais dans l'instant il se perça le sein et expira dans un accès de désespoir. Lorsque les circonstances de ce tragique événement parvinrent au général, il fit pendre immédiatement les auteurs de ce crime atroce.

HUITIÈME RECIT.

Après que Jasper eut achevé de raconter ce drame douloureux, Dioneo engagea Nor à leur faire connaitre ce qui lui semblait le plus curieux des singularités de son pays. A cette interpellation, on vit se dresser du milieu d'une touffe de gazon où il était enfoui, un petit bonhomme de trois pieds, dont la figure annonçait au moins cinq ans de plus que sa taille. Ce personnage offrait un type aussi disgracieux que remarquable; je vous en prends pour juge : le visage large, les joues creuses, le menton pointu, les cheveux raides, et gras, la peau jaunâtre et fauve, les yeux ardents et sauvages, le corps gros et court; tel était au premier coup-d'œil la silhouette de celui que Dioneo venait de sommer de parler à son tour. Après s'être longtemps fait prier, il baragouina d'un ton nasillard une longue description de sa patrie, faite en français de vache espagnole et que j'essaierai de résumer ainsi :

Au nord de l'Europe, près du pôle, enfoui sous des glaces séculaires, s'étend une vaste contrée du nom de Laponie. Là, point de verdoyants printemps, point de jaunissant automne; mais un climat aux contrastes heurtés, passant subitement de la saison des glaces et des frimas aux ardeurs de la canicule. Pendant huit mois la neige tombe et s'accumule; les fleuves, les baies, les mers se couvrent d'une épaisse croûte de glace; et le froid est si intense que le mercure et les spiritueux se congèlent comme de l'eau. En même temps que la terre est ensevelie sous le blanc suaire des frimas, elle a pour voûte un ciel brillant, mais où l'œil chercherait en vain le disque enflammé du soleil. Oui, ces habitants des pôles sont huit mois sans voir le soleil, et n'ont d'autre lumière qu'une sorte de crépuscule qui emprunte de riches nuances à la réverbération des neiges et à la décomposition des rayons à travers les immenses prismes des montagnes de glaces. Parfois aussi des jets lumineux s'élancent dans l'espace, qui s'embrase et se parsème d'étincelants météores, et les Lapons contemplent sans étonnement les magnifiques luminaires qui viennent les consoler de l'absence de l'astre du jour (*style de rhétorique*). Pendant soixante à soixante-dix jours au contraire, le soleil ne quitte pas leur horizon, et, au lieu de décrire un immense arc de cercle, puis disparaître pour revenir le lendemain, ils peuvent le suivre pendant toute la durée de sa course et le contempler tournant autour de leur horizon. On pourrait donc dire qu'ils ont huit mois de nuit et quatre mois de jour. Pendant la belle saison, ils subissent tous les inconvénients des pays méridionaux : des chaleurs démesurées et dont la nuit n'interrompt pas le cours, et les importunités de myriades de mouches et autres insectes plus ou moins domestiques, auxquels on ne sait comment se soustraire.

Alors Phébus dissout l'écorce des neiges, comme dit Horace, et la terre revêt son riant manteau de verdure. On ensemence et on récolte en si peu de temps qu'on pourrait dire que les produits poussent à vue d'œil. Ces produits sont très-bornés, puisqu'ils ne consistent qu'en orge, pommes de terre, choux et raves. Mais le règne végétal y abonde en arbustes à baies, tels que le groseiller noir, le framboisier, le genévrier, le mûrier de ronce et plusieurs plantes particulières à ce pays et d'une saveur fort agréable. Les habitants font en outre une grande consommation d'angélique comme aliment. Les roches sont couvertes de mousses épaisses et de lichens qui, à défaut de vivres, leur servent de nourriture.

Parmi les quadrupèdes de la Laponie, on distingue en première ligne le renne, serviteur précieux qui remplace trois ou quatre de nos animaux domestiques. On s'en sert comme du cheval pour tirer des traîneaux et des voitures ; il marche avec bien plus de vitesse et de légèreté ; fait aisément trente lieues par jour, et court avec autant d'assurance sur la terre glacée que sur la pelouse. La femelle donne du lait plus substantiel que celui de la vache. La chair de cet animal est très-bonne à manger ; son poil fait une excellente fourrure, et la peau passée devient un cuir très-souple et très-durable. Le renne se nourrit pendant l'hiver d'une mousse blanche qu'il sait trouver sous les neiges en les fouillant avec les bois qui ornent sa tête, et les détournant avec ses pieds ; en été, il vit de boutons et de feuilles d'arbre plutôt que d'herbe que les rameaux de son bois l'empêchent de brouter aisément. Les plus riches Lapons ont des troupeaux de trois ou quatre cents rennes ; les pauvres en ont dix ou douze ; on les mène au pâturage, on les ramène à l'étable, ou bien on les enferme dans des parcs, pendant la nuit, pour les mettre à l'abri des attaques des loups. Les troupeaux de cette espèce sont très-difficiles à soigner, et sujets à une foule de maladies ; de plus, ils incommodent les autres animaux domestiques qui ne peuvent en souffrir l'approche. Les autres quadrupèdes sont l'ours noir et surtout le blanc, le glouton, le loup et le castor, dont la race s'éteint de jour en jour ; l'écureuil, le martre, le lièvre et le rat lemming qui voyage en immenses caravanes. Les colons russes ou norwégiens élèvent des moutons et des chevaux ; mais les bœufs y perdent leurs cornes et les vaches deviennent blanches. Pendant l'été, les Lapons reçoivent la visite d'une multitude d'oiseaux voyageurs ; les oiseaux aquatiques pullulent sur les îles, tandis que l'intérieur se peuple de coqs de bruyère du nord, de poules de neige, de perdrix blanches, de gélinottes, etc., etc. Les côtes, les rivières et les lacs nourrissent beaucoup de poisson, surtout des saumons délicieux, des truites, des brèmes, des perches d'une grosseur remarquable. Il y existe des mines d'argent, de cuivre, de plomb, de fer et de cristal de la plus grande beauté, mais qui sont peu exploitées à cause de la courte durée de la belle saison.

Les Lapons n'ont en général que quatre pieds et demi de haut, et leur physionomie est en rapport avec celle que nous avons tracée d'après Nor. Ils sont forts et agiles ; mais ils ne parviennent pas à un âge avancé, car il est bien rare que leur existence se prolonge au-delà de 50 à 60 ans. À la chasse ou en voyage, le Lapon isolé glisse avec une rapidité étonnante sur ses longs patins à neige. Réunis, ils voyagent en traîneaux disposés en longue file, divisés en plusieurs sections, et traînés par des rennes avec une vitesse extrême. Leur habillement consiste, l'hiver, en une espèce de blouse de peaux de renne, retenue autour du corps par une ceinture de cuir ou de cordes ; et des culottes et des bottes aussi de peaux de renne, préparées de diverses manières. Pour l'été, ils ont des vêtements de toile ou de lainage. Leur coiffure se compose d'un bonnet de fourrures dont les ornements et la forme varient d'un canton à l'autre.

Leurs hameaux se composent de cabanes formées de grosses perches de bois posées circulairement et couvertes de branches, de mousse, de terre et de peaux de renne ; on réserve un trou au milieu pour laisser passage à l'épaisse fumée du poêle en fonte, capitale de la hutte, et rendez-vous de la famille, même en été, où la fumée sert de préservatif contre les insectes. Ils achètent la plupart des outils nécessaires à leur usage ; mais ils fabriquent du fil très-fin, fait de nerfs et d'intestins de renne ; des cordes avec des racines ; des cuillers et des tabatières en corne. Leur commerce est plus considérable que l'on n'est d'abord porté à le croire. Ils exportent en Norwége, en Suède, dans la Finlande et la Russie, des fourrures précieuses, des jouets d'enfant, du poisson, du fromage de lait de renne, etc., qu'ils échangent contre de l'argent monnoyé, des draps, des lainages, du cuivre, de l'étain, de la farine, de l'huile, des liqueurs spiritueuses, du tabac et des outils.

Il y a quelques années, les Lapons se livraient encore à un culte superstitieux, à une espèce de panthéisme divinisant tous les éléments, et même la nature entière. Ils avaient des sorciers, des prophètes et croyaient fort à la magie. Des missionnaires russes ou norwégiens sont venus leur apporter la lumière, et ils professent aujourd'hui la religion chrétienne évangélique, mais non sans y mélanger quelques-unes de leurs anciennes superstitions. Il y a quelques années, un savant suédois, le docteur Laestadius, pénétra dans leur pays pour des recherches scientifiques ; et souvent on le vit passer de longues heures au milieu d'un cercle de Lapons qu'il instruisait en excitant leur admiration et leur curiosité. Nor lui fut confié par ses parents, à condition qu'il en ferait un savant et le renverrait dans leur pays pour les éclairer à leur tour. Mais le navire qui emmena Laestadius ayant relâché dans une île, Nor, qui s'ennuyait et regrettait ses glaces et ses rennes, prit la clef des champs et laissa partir le navire sans lui. Il vivait assez misérablement dans son île et y fut recueilli au bout d'un mois par un baleinier français. C'était ainsi que s'expliquait la présence du Lapon dans un collége parisien.

NEUVIÈME RÉCIT.

Après que Nor eut fini de décrire le singulier pays où il avait vu le jour, il ne restait plus qu'Hermann le Suisse, et Dioneo l'Italien, qui n'eussent pas encore payé leur tribut d'une histoire. Hermann prit donc la parole pour conserver au président le privilége de parler le dernier et de clore la séance. Il s'exprima en ces termes :

Je vous épargnerai, mes chers amis, l'ennui d'une description de la Suisse, ma patrie ; il n'est personne de vous qui n'ait parcouru vingt fois, dans quelque bouquin, ses montagnes, ses lacs, ses vallons et ses glaciers ; vous connaissez ses chalets, son ranz des vaches, ses mœurs simples et franches.

Donc, pour dégourdir un peu votre imagination glacée par les frimas du récit de Nor, je veux vous conter une partie de plaisir, qui, sans être à la hauteur des aventures que vous nous avez si élégamment racontées, offrira quelques circonstances assez drôlettes ; du moins, j'ose espérer que vous en jugerez ainsi.

J'ai passé le mois de septembre dernier en Savoie, dans la petite ville de Thonon, accroupie sur une colline au pied de laquelle coule une petite rivière qui se jette dans le lac de Genève, autrement dit le Léman aux flots bleus. Or, un matin nous étions réunis, trois garnements du pays et moi, sous les tilleuls de la petite place, et bâillions à nous désosser les maxillaires en contemplant la fontaine et l'obélisque de marbre qui la surmonte, ou les rares indigènes qui passaient par là. Il faut, au préalable, que je vous fasse un aveu concernant les goûts et habitudes de notre quatuor. Quatre passions malheureuses y brûlaient et faisaient quatre véritables monomanes : la vie pour chacun de nous n'avait qu'un but, savoir : pour Wilhelm les papillons, pour Frisz la

6

pêche, pour Walter la chasse, et la navigation pour votre serviteur. Wilhelm ne marchait jamais sans une cargaison d'épingles et de cartons, et un ample filet à papillons dont il s'amusait alors, faute d'autre proie, à capturer des milliers de mouches. Frisz avait toujours ses hameçons, sa boîte à vers et son long roseau, et pour le moment, avait jeté très-sérieusement sa ligne dans la fontaine, et s'y livrait par habitude à une pêche imaginaire, au grand ébahissement des polissons du quartier. Quant à Walter, il avait sous le bras un petit fusil, cadeau récent de son père, et derrière lui un gros toutou de basse-cour dont il prétendait faire un chien de chasse quoiqu'il n'eût jamais chassé qu'au plat. Pour moi, j'avais volé un à un tous les sabots de la maison, pour les gréer en navires et les lancer sur le lac de Genève, et pour le moment, je m'amusais à en promener un dans le bassin de la fontaine, ce qui scandalisait Frisz qui prétendait que j'effarouchais le poisson, le poisson d'un bassin de place publique !

Comme Walter était celui dont la passion trouvait le moins d'aliment sur la place de Thonon, il nous proposa une partie de campagne. Il fut convenu que nous emporterions des provisions pour passer la journée, et que chacun se livrerait de son côté à son goût favori, jusqu'à l'heure du dîner où nous nous réunirions à un endroit désigné. Chacun vida sa poche pour subvenir aux frais de vivres, et cette opération ne produisit que sept sous et demi à la masse ; nous achetâmes pour trois sous de pain, quatre saucissons d'un sou, et il nous resta deux liards pour parer aux'événements. Ces dispositions prises, nous partîmes en triomphe, Wilhelm brandissant son filet, Frisz la ligne sur le dos et le pot aux vers à la main, Walter le fusil sous le bras et le toutou derrière lui, moi tenant mon sabot mâté, voilé et gréé en galère d'après un modèle emprunté à une gravure d'un vieux *Télémaque*.

A peine sortis de la ville, nous quittâmes la grande route pour un étroit sentier serpentant sous des arbres magnifiques. La matinée était superbe et le pays admirable ; il avait plu abondamment la veille, et la terre rafraîchie étalait au soleil sa verdoyante parure. Nous traversâmes une petite rivière très-poissonneuse, des champs où il y avait presque autant de papillons que de fleurs, et une bruyère où l'on disait que le lapin foisonnait ; mais comme ces endroits étaient tout près de la ville, nous ne daignâmes nous y arrêter dans la conviction que plus loin, dans la campagne, nous trouverions bien mieux que cela. Nous passâmes près d'un vieux manoir en ruines, qu'on nous dit être le château de Ripaille, où Amédée VII, grand duc de Savoie, s'était retiré jadis, et y avait mené si joyeuse vie, que l'expression *faire ripaille* était passée en proverbe.

Après avoir ainsi marché trois quarts-d'heure, nous découvrîmes un endroit qui nous parut réunir toutes les conditions désirables pour nous livrer à nos amusements favoris. C'était un rocher couvert de mousse et ombragé par un chêne immense, s'élevant à mi-pente d'un coteau chargé de bois taillis où s'ouvraient de nombreuses clairières ; c'était ce qu'il fallait pour nos chasseurs. Quant à nous, les aquatiques, une flaque d'eau sombre qui dormait au pied du rocher nous sembla placée là exprès pour nous divertir. Après être convenus de nous retrouver sur ce rocher, nous nous séparâmes en deux partis, les faunes pour les bois, et les tritons pour les ondes.

Je restai donc seul avec Frisz qui emmancha sa ligne, y assujettit deux hameçons, ouvrit sa boîte puante, et en tira un gluant asticot dont il accrocha deux tronçons aux dards perfides. Cela fait, il jeta sa ligne avec méthode, et resta planté immobile, la gaule à la main et les yeux cloués sur le bouchon qui indiquait en surnageant que le poisson ne mordait pas. Pendant ce temps j'orientai mes voiles et lançai mon sabot à la mer, suivant d'un œil ravi chaque souffle du zéphir qui le poussait au large. Maître Frisz gardait toujours son immobilité, tirait sa ligne de quart-d'heure en quart-d'heure pour voir si l'asticot était intact, puis la rejetait avec une précaution et une patience dignes d'un autre succès. Au bout d'une heure, la navigation de mon sabot me parut excessivement monotone, je feignis qu'une batterie établie sur la côte lui envoyait des coups de canon, ce qui veut dire que je jetai des cailloux sur la galère, étudiant consciencieusement l'effet de chaque coup. J'eus bientôt démâté et désemparé le frêle navire que j'allais couler, quand Frisz jeta les hauts cris d'une façon si lamentable, si désespérée, que je partis d'un éclat de rire. Il prétendit que je lui avais fait manquer une carpe, qu'il en était bien sûr puisqu'il l'avait vue, et furieux de mes rires moqueurs, se précipita sur moi. Nous nous gourmâmes, et comme je le rossai, il fut obligé de quitter la place et d'aller pêcher dans une autre flaque d'eau que je lui indiquai, et où j'affirmai avoir vu sauter un saumon.

Resté possesseur unique de l'empire des mers, je submergeai mon bateau sous une dernière bordée, et j'eus la satisfaction de le voir sombrer sens dessus dessous, puis je m'étendis sur le gazon et fis un léger somme. Quand je m'éveillai longtemps après, j'aperçus mon martin-pêcheur enfoncé jusqu'aux cuisses dans l'eau, et attendant toujours le poisson avec un sang-froid impayable. En promenant mes yeux à l'aventure, j'aperçus un de ces ustensiles de basse-cour vulgairement appelés auge à cochons. Tout en regardant machinalement cette espèce de boîte longue et aux parois épaisses, je fus frappé subitement de l'idée triomphante que ce meuble dédaigné avait assez de rapport avec un bateau et qu'on pourrait s'en servir pour la navigation. Je saisis cette idée aux cheveux et m'empressai d'en essayer l'exécution. Je parvins à traîner l'auge, assez lourde pourtant, jusqu'au bord et à la lancer convenablement sur l'eau en la retenant d'une main; puis j'y risquai un pied et j'appuyai; elle n'enfonça pas; alors je mis les deux pieds, et, à l'aide d'un long bâton, commençai à pousser au large cette embarcation d'un genre tout nouveau. Comme mon bateau était fort étroit, il fallait me tenir debout et conserver un rigoureux équilibre. Le jeu alla fort bien pendant dix minutes, et je m'enhardis : je commençai à pousser très-fort mon embarcation de manière à aller d'un seul effort d'un bout de la mare à l'autre. Hélas! je ne calculai pas bien ma force d'impulsion et l'auge vint choquer si rudement le bord du rocher que je tombai à la renverse, la tête la première, dans la mare. Cela devait indubitablement arriver. Je barbotai cinq minutes dans la fange et me dépêtrai non sans peine, atteignis le bord, couvert de boue et ruisselant des pieds à la tête. Mon naufrage dut être bien grotesque puisqu'il réussit à distraire Frisz qui se vengea de moi par ses ricanements. J'étais fort vexé, mais j'eus le bon esprit de n'en rien faire paraître, et je vins m'asseoir au soleil pour me sécher en contemplant la pêche de mon ami. Ma présence lui porta bonheur, car il sentit sa ligne lourde et s'écria qu'il tenait un gros poisson : après bien des efforts il réussit à tirer sa ligne, et j'aperçus au bout un superbe poisson—non, un vieux chapeau qui gisait enfoui dans la fange, où il était tombé du chef de quelque ivrogne. Je ne me fis pas faute de ricaner à mon tour, et, de rage, Frisz quitta la place pour retourner dans la mare au pied du rocher d'où je l'avais chassé. Quand il voulut sortir de l'eau, il fallut que je lui prêtasse secours, car il s'était enfoncé dans la vase, et il avait autant de boue sur les jambes que moi sur tout le corps.

Sur ces entrefaites, arrivèrent Walter et Wilhelm qui avaient eu aussi chacun sa petite aventure. Wilhelm avait une demi-douzaine de papillons piqués à son chapeau ; mais une sorte de masque verdâtre lui couvrait la figure. En voulant jeter son filet sur un magnifique papillon, le pied lui avait glissé et il avait fait un plongeon dans ce qu'on appelle trivialement une bouse de vache. Quant à Walter, il avait dépensé une somme énorme de patience et d'énergie pour dresser son toutou. Il avait fusillé une demi-douzaine de moineaux dont un seul avait eu la maladresse de se mettre devant un grain de plomb.

Nous riions encore de nos malheurs mutuels, quand Frisz nous appela avec de grand cris de joie, en montrant quelque chose au bout de sa ligne: c'était un horrible reptile, aux quatre pattes courtes, à la tête plate, à la longue queue, au dos gris-cendré et au ventre rouge ; en un mot, ce qu'on appelle, je crois, une salamandre, vulgairement, un mouron. C'est une bête sale et dégoûtante ; mais Frisz la mit soigneusement dans son panier, sur le refus que nous exprimâmes de la faire cuire et de la manger. En ce moment, un paysan passa et se mit à rire en voyant le pêcheur. Il nous donna l'explication de sa gaîté en nous apprenant que ces mares d'eau provenaient des grandes pluies de la semaine et que, par conséquent, on n'y trouverait pas d'autre poisson que des mourons et des grenouilles. Nous rîmes longtemps de nos exploits, sur lesquels nous n'avions rien à nous envier, et après une dînette fort gaie, mais trop courte, car, hélas! poisson et gibier firent défaut, nous regagnâmes la ville de Thonon.

DIXIÈME RÉCIT.

Un feu roulant de quolibets accueillit les prouesses d'Hermann et de
ses compagnons, dont la naïveté excita de bruyants éclats de rire. Pour
leur faire avaler des aventures aussi étourdissantes, il fallut toute la sin-
cérité bien connue du narrateur. Enfin, après un quart-d'heure de dé-
chaînement, cette gaîté orageuse tomba d'épuisement, et Dioneo put
prendre la parole à son tour.

Per Bacco! s'écria-t-il, je ne sais que vous conter. J'ai beau fouiller
dans tous les coins du sac de mes souvenirs, je n'y trouve rien qui vaille
vos anecdotes si pittoresques. Enfin, je paierai mon tribut; tant pis pour
vous si quand vous m'entendrez l'ennui vous fait désirer que je n'aie
rien dit.

Mes parents habitent Naples, la perle des cités, et vont chaque été
chercher l'ombre et la fraîcheur dans une délicieuse villa située sur le
bord de la mer. — Hélas! pourquoi faut-il que je sois ici à tuer le temps
que j'employais si bien sous ses verts ombrages? Enfin, supposons tous
que nous arrivons de vacances, et consolons-nous puisque le chagrin ne
servirait qu'à aggraver le fardeau de notre ennui.

Par une belle soirée de septembre nous fîmes la partie de nous rendre
le lendemain à l'île de Capri, située à trois lieues de là à l'entrée du poé-
tique golfe de Baïa. L'idée d'un petit voyage sur mer me ravit d'aise, me
transporta dans le septième ciel, je n'en dormis pas de la nuit, et dès
cinq heures du matin je vagabondais dans la maison, cabriolant, chantant et bouleversant tout. Enfin, à sept heures du matin nous nous embarquâmes dans un léger chebec, aux grandes voiles latines, qui ouvrit
ses grandes ailes palpitantes sous l'haleine des zéphirs, et prit son vol

sur les flots azurés. (Vous voyez qu'on possède son Virgile, et qu'on peut colorer son style des tons pris à la vieille palette des classiques.) Outre les nautonniers et moi, il y avait encore à bord les auteurs de mes jours, ma sœur et une famille d'amis, composée d'une maman, d'un petit papa fluet, de leurs deux filles et d'un grand jobard, héritier présomptif de la maison. La matinée était superbe; le ciel, sans un nuage, rayonnait glorieusement; la mer avait revêtu son manteau bleu brodé d'écume ; une jolie brise gonflait nos voiles et inclinait gracieusement notre léger esquif sur les ondes. J'étais étendu en sybarite à l'avant de l'embarcation, savourant de l'œil ce bleu si doux, humant voluptueusement les senteurs de la mer, rêvant et ânonnant des réminiscences du voyage d'Énée sur ces mers. Je suis comme Hermann, j'ai la bosse de la navigation exubérante, j'adore la mer et les navires, et je changerais avec ivresse l'ordinaire et l'abondance du collége contre la chétive pitance des matelots, pour bondir sur la vague dans une frêle nacelle.

> O navis ! referent in mare te novi
> Fluctus ?

« O mon navire, de nouveaux flots te reporteront-ils sur les mers ? » Bah ! qu'est-ce que je radote donc à vous rebattre les oreilles de messire Horace! Reprenons le fil de mon voyage aquatique. Pendant que je me berçais ainsi de voluptés marines, il se passait près de moi de bien terribles choses. Les joues pâlissaient, les nez passaient à la betterave. Bref, la société avait le mal de mer. Cet épisode, assez pittoresque, m'amusa fort peu, en ce qu'il troubla singulièrement mes vaporeuses rêvasseries. Heureusement que les rochers de Capri grandirent à vue d'œil et que bientôt on les vit se dresser en l'air et s'enchevêtrer les uns sur les autres d'une manière fort désordonnée. Alors je compris pourquoi on avait donné à cette île le nom de Capri, Capri veut dire *chèvre*, car, vue de la mer, c'est plutôt un séjour destiné à ces animaux inventeurs de la cabriole qu'aux bipèdes décorés du glorieux titre d'hommes.

Je ne savais pas trop où nous pourrions aborder parmi toutes ces rues à pic; mais notre chebec tourna adroitement une grande falaise en presqu'île et nous déposa doucement au fond d'une crique sur un beau banc de sable. Je sautai lestement, et avec mon père aidai de mon mieux à transporter nos infirmes à terre. Dès qu'ils sentirent le plancher des vaches solide sous leurs pieds, ils se remirent peu à peu de leur émotion et nous

nous dirigeâmes vers l'intérieur de l'ile. Nous cheminâmes par des sentiers pleins d'ombre et de mystère, sous des bosquets verdoyants de myrtes, d'oliviers et d'amandiers ; nos passagers, qui ne se sentaient plus de leur malaise, chantaient à tue-tête de gais refrains du pays ; les jeunes filles sautaient et gambadaient en cueillant des fleurs, tandisque le grand jeune homme se bourrait de raisins volés aux vignes du passage, et que je le taquinais de mon mieux.

Après avoir ainsi marché à l'aventure pendant une demi-heure, nous commençâmes à monter, et bientôt, à travers les ouvertures de notre tapisserie de feuillages, l'azur de la mer se montra à notre droite. Notre joli petit chemin nous abandonna tout à coup et nous laissa au grand soleil, sur un tertre où les ardeurs de la canicule avaient flétri le gazon. Heureusement que j'aperçus une touffe d'arbres dont la riche feuillée nous promettait un frais abri. Nous nous étendîmes mollement sur la pelouse qui avait conservé sa verdure, grâce à l'épaisseur des rameaux ; les provisions sortirent des paniers et le déjeuner commença. L'air de la mer et notre marche nous avaient dotés d'un appétit homérique, et nous fonctionnâmes en véritables carnassiers.

Quand la dernière bouteille fut défunte nous nous étendîmes sur le gazon pour faire la sieste. En contemplant la mer où une voile blanche se détachait çà et là sur le bleu foncé des flots, de grands rochers grisâtres descendaient en escaliers gigantesques jusqu'à la mer, et, vus ainsi à distance, semblaient une vieille cité gothique, hérissée de clochetons, d'aiguilles, de flèches et de tourelles extravagantes. Pendant que nous jouissions ainsi des plaisirs inconnus pour vous *del dolce far niente,* une gracieuse canzonetta s'éleva du milieu des vignes et nous fit dresser vivement les oreilles. C'était une voix de femme, au timbre à la fois doux grave et sonore, un de ces beaux contraltos italiens, si purs, si harmonieux, qui vont remuer je ne sais quelles fibres au fin fond des cœurs. Je ne sais si les charmes de la situation influencèrent heureusement mon ouïe, mais jamais je n'entendis d'accents aussi suaves, aussi pénétrants, et je restai comme le pieux Énée, *arrectis auribus.*

La voix s'approcha, et nous vîmes bientôt sortir des vignes la sirène dont la voix enchanteresse nous faisait tant de plaisir. Sa vue satisfit autant nos yeux, que sa voix nos oreilles. C'était une belle jeune femme à la démarche noble et gracieuse. Deux grosses tresses d'ébène enca-

draient son visage coloré de ce ton chaud, doré, presque fauve que don-
nent aux fils du Midi les rayons d'un soleil généreux. Un corsage de velours,
d'où s'échappait une fine chemise brodée et festonnée d'une blancheur
éclatante, emprisonnait à peine sa taille souple; un jupon écarlate, sur
lequel un tablier bleu, relevé par un des coins, se drapait avec élégance,
complétait son costume. Sur sa tête était posée une corbeille au galbe
antique d'où s'échappaient des pampres verdoyants, et qu'elle soutenait
de son beau bras. Dans sa pose, dans sa démarche, dans ses traits et
même dans sa façon de se draper, il y avait un certain parfum de poésie
antique qui rappelait la beauté pure et grave des anciens jours, où les
races n'avaient pas encore perdu leurs formes sereines et tranquilles,
pour les lignes tourmentées des peuples rompus au joug des vieilles
sociétés.

Arrivé devant nous, elle nous fit un salut gracieux et digne, et répondit avec aisance aux questions de mon père. J'appris son nom, et je
l'ai gardé dans mes souvenirs, car jamais nom ne fut mieux porté : on
l'appelait Grazia, et elle revenait de la vendange. Ce mot nous fit lever
comme un seul homme, et nous courûmes au théâtre de ces travaux
si remplis d'attraits.

Le coteau était envahi par une nombreuse légion de vendangeurs et de
vendangeuses, alignés à deux pas l'un de l'autre, et formant une longue
file se prolongeant à perte de vue. De place en place un chef menait la
bande et dirigeait le travail; chacun avait son panier et sa serpette, ré-
coltait, cueillait et versait dans la hotte des porteurs qui descendaient et
montaient le coteau, se relayant les uns les autres. Des chants et des
rires éclataient de toutes parts, et un bon mot courait d'un bout de la
ligne à l'autre. Ce tableau plein de vie et de mouvement nous mit la
fièvre dans le sang, nous saisîmes la serpe et le panier, et nous nous pré-
cipitâmes dans les rangs. Nous travaillâmes avec acharnement jusqu'au
soir, et je n'ai jamais été si fier que des éloges que me valurent mon ardeur et ma dextérité. Nous partageâmes le joyeux repas des travailleurs,
et j'eus le plaisir d'y revoir la belle Grazia, qui voulut bien charmer
nos oreilles de ses doux accents.

Nous nous embarquâmes au coucher du soleil, et naviguâmes à la
clarté de la lune. La mer étincelait sous ses rayons comme un grand
morceau de nacre...

Dioneo fut interrompu ici par l'arrivée soudaine de deux camarades et d'un jeune professeur que sa gaîté leur avait rendu cher. Après s'être témoigné le plaisir de se voir réunis, le jeune pédagogue leur demanda ce qu'ils faisaient lors de son arrivée, et, en apprenant qu'ils se contaient des histoires, s'écria : moi aussi, j'ai une bonne histoire à vous raconter, une histoire pleine d'intérêt où vous ne trouverez pas seulement des parties de plaisir, mais encore des aventures étonnantes dans des pays lointains et curieux. Ce sont les aventures et les voyages de quatre jeunes gens d'un collége de Paris, nés en Orient, et qui ont parcouru l'Asie et l'Afrique, avec des vicissitudes de fortune très-remarquables. Comme mon récit sera long, nous le remettrons pour la soirée, et j'espère qu'il vous empêchera de la trouver trop longue.

Nos jeunes gens se levèrent pour aller dîner, et ainsi se termina la séance des dix histoires. Si mes jeunes lecteurs désirent connaitre celle qui occupa leur soirée, et auprès de laquelle celles-ci ne sont rien, ils la trouveront tout au long dans le charmant album intitulé : *Voyages et Aventures de quatre enfants d'Orient, aujourd'hui pensionnaires dans un collége de Paris, recueillis et racontés par George Wendel, professeur.*

FIN.

Jolis Ouvrages

QUI SE TROUVENT CHEZ LE MÊME ÉDITEUR.

Voyage en Orient fait avec Horace Vernet en 1859 et 40, texte et dessins par *Goupil-Fesquet;* illustré de 16 grands dessins imprimés à part et coloriés. Un vol. grand in-8°, embelli d'une riche couverture dans le style oriental. Prix 10 fr. — Cartonné, 12 fr. — Avec reliure en toile ou demi-rel. 13 fr. 50 c.

Ancienne Provence. *Souvenirs de voyage. Lettres par M. le marquis de...* à sa fille. 1 vol. in-4°, avec 10 vues charmantes, lithograph. par *Richebois*, et imprimées à deux teintes. Prix broché, 10 fr. — Relié en toile, avec plaque, 13 fr. 50 — Tranche d'or, 14 fr. 50.

Historiettes, Contes et Fables de Fénelon, joli vol. in-18, illustré de nombreuses vignettes sur bois, et de 12 grands sujets par *Th. Fragonard.* Broché, 3 fr. — Cartonné, 3 fr. 50 c. — Jolie demi-reliure avec plaque tr. d'or, 4 fr. 50 c. — Relié en maroquin, 5 fr. 50 c.
Le même Livre, figures coloriées, relié en toile avec plaque d'or, 4 fr. 50 c.

Le Livre des Enfants (*Libro de los Niños*), traduction de *Martinez de la Rosa,* sur la 6ᵐᵉ édition. Joli vol. in-16, illustré de vignettes dans le texte et de 5 gravures tirées à part : broché, 1 fr. 50 c. — Cartonné, couverture imprimée en or, 2 fr. — Relié en toile, tr. bl., 2 fr. 75 c. — Tr. d'or, 3 fr.

Les Journées de Madeleine, nouvelles pour l'enfance, par Mᵐᵉ *Caroline Berton* (née Samson). 1 vol. in-16, orné de quatre jolis dessins. Prix broché, 1 fr. 50 c. — Cartonné, couverture imprimée en or, 2 fr. — Relié en toile, tr. bl., 2 fr. 75 c. — Tr. dorée, 3 fr.

Album des petits Amateurs de dessins, in-8°, 17 jolis dessins et frontispice, cartonné, 4 fr.

Délassements des Jolis Enfants, petit in-4°, orné de 10 beaux dessins, avec un texte instructif et amusant. Titre et couverture imprimés en couleur. Prix 4 fr. — Cartonné, 4 fr. 50 c. — Relié en toile, 5 fr. 75 c.

Les Merveilles de la France, ou *Vade-mecum du petit Voyageur,* 1 volume in-8°, orné de 15 dessins, broché, 4 fr. — Cartonné, impression en or, 4 fr. 75 — Jolie demi-reliure, avec plaque, tr. d'or, 5 fr 75. — Relié en maroquin, 6 fr. 25.

Loisirs artistiques. — Étrennes à la Jeunesse. 12 charmants tableaux, par MM. *Gigoux, Gsell, Gudin, Gué, Jacquand, Lepoittevin,* avec jolies nouvelles et notices, par M. *François de Neuville.* Frontispice et couverture en or. Prix 8 fr. — Joliment cartonné, 9 fr. — Riche reliure avec plaque, 9 et 10 fr.

Les plus jolis tableaux de *Téniers, Terburg, Metsu, Van Helst, P. Potter, A. Ostade,* etc., lithographiés par *L. Noël, Devéria, L. Boulanger, Midy, Colin,* avec texte explicatif; in-4°, cartonné, 8 fr. — Papier de Chine, 10 fr.

Jolis Contes vrais, par *Claire Brunne,* ornés de dessins par M. *Ch. Bour.* In-18 papier vélin satiné. Prix br. 1 fr. — Cartonné gaufré, tr. d'or, 1 fr. 50 c. — Relié en toile, tr. d'or, 2 fr.

Ce que disent les Fleurs. *Calendrier des Dames.* Couleurs emblématiques, horticulture et botanique en miniature, très-joliment illustré par MM. *Gavarni, Français,etc.,* édition bijou, vélin. Broché, 75 c. — Relié en toile, tr. d'or, 1 fr. 25.

Vie de la Sainte-Vierge, texte par Mme *Anna Marie,* 20 dessins, 22 feuillets de texte, frontispice et vignettes imités des vieux missels; par *Th. Fragonard,* lithographiés par *Challamel et Mouilleron.*

In-4°, papier blanc, br.	8 fr. »	Papier de Chine, broché.	10 fr. »
Cartonné.	10 »	Cartonné.	12 »
Demi-reliure.	13 »	Demi-reliure.	15 »
Reliure soie.	16 »	Reliure soie.	18 »
Maroquin.	20 »	Maroquin.	22 »

Le même ouvrage, colorié par des artistes distingués, dans le style des vieux manuscrits, avec des ors de diverses couleurs, 30 fr. — Relié en moire, 45 fr.

Le même ouvrage, papier de Chine, lettres coloriées, 20 fr.

Vie de Jésus-Christ, texte de Bossuet, illustrée de 20 dessins, frontispice et vignettes imités des anciens maîtres, par *Th. Fragonard et Challamel;* in-4°, papier blanc, broché, 8 fr. — Papier de Chine, broché. 10 fr. — Reliures semblables et au même prix que la Vie de la Sainte-Vierge.

Le même ouvrage colorié, même prix que la Vie de la Sainte-Vierge.

Vie de Saint Vincent de Paul, par *Augustin Challamel,* 1 vol. in-8°, orné de huit jolis dessins, par *Jules David* et *Émile Wattier;* broché, prix 4 fr. — Joliment cartonné, imprimé en or, 4 fr. 75. — Jolie demi-reliure, avec plaque, tr. d'or, 5 fr. 75.

La Bible des Enfants. Histoires morales et religieuses tirées de l'*Écriture Sainte,* par *Gustave Des Essarts.* 2 vol. in-18, 22 gravures, culs-de-lampes, lettres ornées; cartonné ou demi-rel, 5 fr.

Les Soirées du Dimanche, par Mme *Eugénie Foa,* in-18, orné de 2 dessins, par *Géniole.* Joliment cartonné, 2 fr.

Méthode nouvelle de Lecture-Écriture (illustrée d'un grand nombre de vignettes), par le docteur *Hanquez,* de Namur, et *Gillet-Damitte,* breveté pour l'instruction primaire élémentaire et supérieure. Prix broché, 40 c. — Joliment cartonné, 50 c.

Chansons à la porte d'une Posada.
(Navarre)

Grazia, vendangeuse de Capri

Ce tableau appartient à S.A.R. Mgr le Duc de Montpensier

Le Docteur Laestadius instruisant des Lapons

MEURTRE DE MISS Mc CREA

CHIENS LEVRIERS

par Schultz de Berlin.

Chalcographie édit. 4 R. de l'Abbaye

Chevaux effrayés dans un Bac.

Un départ pour Jérusalem

Justin Ouvrié

Place du marché à Nuremberg

9 782014 038583